JN317526

さよならの次にくる〈卒業式編〉

似鳥 鶏

「東雅彦は嘘つきで女たらしです。東雅彦は二月一日，こんなことをしていました」愛心学園吹奏楽部の部室に貼られた怪文書。こんなものを貼ったのは誰だと騒ぐ部員たちが特定の人物を犯人扱いしそうになったとき，オーボエ首席奏者の渡会千尋が「私がやりました」と名乗り出る。渡会千尋。僕の初恋の人だ――。初恋の人の無実を証明すべく，葉山君が懸命に犯人捜しに取り組む「中村コンプレックス」ほか，葉山君の小学生時代のエピソード「あの日の蜘蛛男」，探偵役を務める伊神先輩の卒業式の日の出来事を描く「卒業したらもういない」など，〈卒業式編〉は四編を収録。デビュー作『理由あって冬に出る』に続く，ライトでコミカルな学園ミステリ第二弾，前編。

さよならの次にくる〈卒業式編〉

似鳥　鶏

創元推理文庫

I NEED YOU

by

Kei Nitadori

2009

目次

さよならの次にくる〈卒業式編〉

第一話　あの日の蜘蛛男

結局、振り返ってみるとすべてが納まるべきところに納まったようだ。それが人智の及ばぬ混沌の渦にたまたま積み重なった偶然なのか、当事者が自らの意思で引き寄せた必然なのか、僕にはいまだに分からない。僕自身がこの結果にどのくらい寄与したのかも分からない。僕が関わっていなければ一連の事件が解決しないままだったのか、逆にすんなり解決していたのか、そもそも起こることすらなかったのか。いずれにしろ、同じ結果にはならなかっただろう。もっといい結末もどこかにあったのだろうが、そこはそれ、今更悩んでも仕方のないことであるし、ifを考えても詮《せん》ないことである。

悩ましいのはむしろ、事件の発端をどこに設定するかだ。考えようによってはすべてが因果の鎖でつながっていて、だからその始まりは無限に遡《さかのぼ》れそうな気すらするのだが、それではどこから始めればよいのか分からなくなってしまう。だから、とにかく事件の発端として一番それらしいあの日、僕が小学校時代の友人とたまたま再会したあの日あたりから始めることにしようと思う。僕の通う某市立《いちりつ》高校でおかしな事件が起き、マスコミ関係の皆様が学校周辺をうろついて生徒や教職員をつかまえたり学校周辺をカメラにおさめたりなぜか客として応接室に案内されお茶を出されたりするお祭り騒ぎが起こる、四ヶ月前の話である。

季節は秋。僕たち文化系クラブの人間にとって学校内に向けてその活動を唯一アピールできる文化祭の狂騒が終わり、しかし中間テストまではまだ少し間があり、風もようよう涼やかになるため脳細胞がだらあんと伸びるのを如何《いかん》ともしがたい九月下旬の、ある日曜日のことだった。僕は演劇部部長の柳瀬《やなせ》さんと二人、中野の小劇場に行った。彼女の先輩である演劇部ＯＧが出演しているのだという。こういう公演は大抵夕方からだから、地元の駅に帰り着く頃には夜十時半を回っていた。

日没の早まる季節でもある。日が落ちて空が染まれば夜の寄せ波がやってくる。数刻を経て潮は満ち、街はそこから、さらに一段沈み込む。夏場は見えなかった夜の底がダム底の廃車のようにちらりと姿をのぞかせる。そういう時間帯だった。

駅舎を出て、ロータリーの静けさに少し驚く。この駅前も昼間は活潑なのだ。人ごみと排気ガスと店頭に流れるコマーシャルの音響で、雑然として人を疲労させる都会なのだ。ところが今はどうだろう。人はおらず音もなく、街灯の白だけが等間隔でぽつりぽつり。ロータリーには帰宅客を待つタクシーが数台、草叢《くさむら》の獣のようにうずくまっているだけである。僕はこの駅前を繁華街と認識していたが、どうやらそれは誤りらしい。都会だとも思っていたがついでにそれも誤りらしい。街とて昼間は仕事中で、素顔を見せてはいないのだ。

静けさのせいか柳瀬さんと二人、しばし足を踏み出しかねて佇《たたず》む。客の来ないタクシーの、アイドリングの音がかすかに聞こえる。人のいない交差点で、信号が点滅を始めた。平時は明朗快活、よく喋っていつも笑顔の柳瀬さんも、今はしんみり沈黙している。

「静かですね」

「静かだね」

どうでもいい会話をする。

念のためにお断りしておくと、今僕の隣に並んで立っている柳瀬沙織《さおり》さんは別に僕の彼女ではない。ただの先輩である。僕は美術部なので部活の先輩ですらないが、裏方の人手が足りないとかで演劇部からはよく招集がかかる。手伝っているうちに親しくなった人だ。ただ演劇部のみなさんの間では、僕は「部長のお気に入り」と認識されているようで、実際に僕は会う度に演劇部に勧誘されている。最初の頃は会って雑談をした後に帰っていっていた柳瀬さんも、最近では勧誘だけして帰るようになった。僕は考える。そういう人のお誘いに乗って出かけた今日のこれは、はたして「デート」だったんでしょうか。

休日に二人で出かけたのだから外見上はそう言えるだろう。しかし招待券で先輩の芝居を観に行っただけである。道中並んで歩いていても腕を組んだり手をつないだりといったことは当然のようにしなかったし柳瀬さんは終始明るく元気だったがこれはいつものことだし、話題といえばアメリカで実写映画化されたら一番笑える日本の漫画は何かだの日本列島を箱詰めするにはどの都道府県が一番邪魔かだのといったどうでもいいものばかりだった。柳瀬さんは「わあい葉山《はやま》くんとデート。芝居観たら白金台の『カンテサンス』でディナー、銀座の『ルパン』(1)で一杯やって、最後は六本木のリッツ・カールトンねっ」などと無茶なことを言っていたがこれは彼女がいつも言っている冗談で、実際にはファミリーレストランで食事した後さっさと帰ってきてもいるのである。

沈黙ついでに考えたテーマだから、案の定結論は「まあいいか」になった。ロータリーをぐるりと取り囲むバス停を見渡す。「柳瀬さん、どこ行きですか」

「あやめ台車庫行き」柳瀬さんはすぐ手前の停留所を指さした。「終バスだから、あと二十分くらい来ないかも。葉山くんは？」

「僕は」

言いかけた僕を柳瀬さんはなぜか遮った。「あ、やっぱ訊かない。今のなし」

「はあ」

また沈黙する。普段この人と一緒にいる時は落ち着かなくなるほどの沈黙に襲われることなどまずないのだが、どうして今はこうなのだろうと考える。考えて、普段は彼女の方が常に面白い話題を提供してくれていたからである、ということに気付く。

「……やっぱり一応、休日ダイヤ見てくる。終バス行っちゃってたら家まで送ってね」

「了解です」

うわ了解してくれた、などと言いつつ柳瀬さんが離れる。彼女の方に意識が行っていたので、背後に人が近づいていることには気付かなかった。

「葉山？」

至近距離からいきなり野太い声がして、僕は驚いて軽く飛び退《の》きながら振り返った。振り返ると男の胸があった。視線を上げるとその上に顔が乗っていた。

「誰……ですか？」不意打ちだった。別に奇矯《ききょう》な振舞いをしていたわけではないはずだが妙に恥ずかしい。

「やっぱり葉山か」

大男が言う。駅舎の明かりで逆光になっていてよく分からないが、むこうも驚いているらしい。

「……すいません。逆光で顔が」

「ああ」大男は大股で踏み出して体の向きを変えた。見覚えがある顔。

「……もしかして、木場《きば》ちゃん？」

大男は頷いた。

木場ちゃん。懐かしい呼び名だった。小学校の頃はよく一緒に遊んだ仲間であり、僕の脳裏に「U－12西の谷小カップ」だの「便所掃除戦隊ベンジョー５《ファイブ》」だのの楽しい記憶が蘇《よみがえ》る。あの頃はクラスで一番小さかったのに今はこんな大男になっている。声も低くなった。

いきなりの再会に驚き、僕はつい早口になった。

（1） 文壇バー。凄い人がたくさん来ていた。

「久しぶり！　凄いね、こんなとこで会うなんて。凄い身長伸びたね。誰だか分かんなかったよ。今どこにいるの？　引っ越した？」

「いや、地元だけど」

「懐かしいなあ。いつ以来だっけ？」

言いながら記憶を辿る。中学は別々だった。僕たちの通っていた西の谷小の児童は、卒業すると半分が浪花《なみはな》二中、残り半分が三中に行く。小学校より中学校の方が学校数が少ないのだからこれは仕方のないことだが、中学入学当初は小学校の友達がそのまま揃っている他校出身者が羨《うらや》ましかった。とすると。

「……そうか、卒業式の……あの時以来か」

木場ちゃんは黙った。

短い沈黙の後、木場ちゃんが真剣な表情になって顔を上げた。

「なあ葉山、お前結局」

「葉山くん、知り合い？」

隣に柳瀬さんが来ていた。木場ちゃんはそれで言葉を切り、目を見開いて柳瀬さんを見た。

「友達の木場です。小学校が一緒だった」

木場ちゃんは目を見開いたまま僕に視線を戻した。それから、ああ、と言った。「じゃあ、この人が」

「違う違う。別の人」僕は慌てて手を振る。「この人は高校の先輩で」

「そうか……」

木場ちゃんはまた黙った。久しぶりに会ったのに随分と無口なことだ。小学校の頃はもっと喋るやつだったように記憶している。注意して見ると、何か歯でも痛いかのような、つまりは悩みがあるかのような表情。あれ、と思った。

しかし話を飲み込めていない柳瀬さんが割り込んでくる。「なに、『別の人』ってどういうこと？　もしかして葉山くん」

「いや、別にそれは違います」

「何でもありません」

割り込んできた柳瀬さんを、木場ちゃんと二人で押しとどめる。

それがきっかけになったのか、木場ちゃんは慌てたように「悪いな葉山、邪魔したみたいで。そんじゃ俺、このへんで。……じゃ」一気に言った。

「ああ、うん」

木場ちゃんは柳瀬さんに会釈してそそくさと背を向けてしまう。

随分とあっさりしている。どことなく不自然だ。そう思った僕は、木場ちゃんの背中に声をかけた。「木場ちゃん」

木場ちゃんが立ち止まり、振り返る。僕は声を大きくして言った。

「もしかしてまだ卒業式の時のこと、気にしてるのか？　あんなのただの悪戯《いたずら》だろ？　それにお前は」

「なあ葉山、お前……」

木場ちゃんは僕を遮ってそこまで言ったが、しかしすぐに目を伏せた。

それから、聞き取れないぐらいの声で言った。「邪魔したな。それじゃ」

「おい」

木場ちゃんは大きな背中を丸めて、寒そうに首をすぼめながら歩いていってしまった。僕は釈然としないままそれを見送った。

と、柳瀬さんが口を開いた。

「葉山くん、バス停、西口の方だよね。もう来てるかもよ」

「あっ、……はあ。そうですね」

「もう行った方がいいよ。終バス乗り過ごしたらやばいでしょ」

「……そう、ですね。……じゃあ」

柳瀬さんはくるりと僕の正面に回る。「うん。今日はここまでで。また明日ね」

「……はい。……ええと、……おやすみなさい」

「うん。おやすみ」

手を振る柳瀬さんの笑顔に押されるようにして、僕は歩き出した。少しして振り返ると、柳瀬さんはもう背を向けていた。その先の暗闇に溶け込んで、かすかに木場ちゃんの背中が動いて見えた。

駅舎を横断しながら、僕は記憶を辿る。木場ちゃんと最後に会ったのは、小学校の卒業式の日。あの日のことを思い出すと、あの頃は何て馬鹿だったんだと溜め息をつきたくなる。
しかし、まあ、小学生男子のやることはそんなもんである。

＊

小学校を卒業するあの日、僕は手紙を携《たずさ》えていた。便箋と封筒を選ぶのに東京まで出向いて道に迷い、ボツの山を築きながら二週間かけて文面を考え、妹にバレて散々からかわれながら下書きをし、一週間かけて清書したものをやっぱりこれでは不充分だと捨てて書き直し、ようやく昨夜完成した乾坤一擲《けんこんいってき》のラブレターである。

今日が最後のチャンスだった。彼女は私立に行ってしまう。自然な形で会う機会などもうないだろう。本当はもう少し親しくなってから渡したかったがそれはできなかった。だからせめて卒業するまでに。「同じクラス」であるうちに。さあ、行け。散ってこい僕。

あの日、何回そうやって勢いをつけただろうか。朝日で真っ白な教室に踏み込んだ時。どこか不似合いで落ち着かない盛装をした友達とじゃれあいながら横目でちらちらと教室の入口を窺い、彼女が入ってくるのを確認した時。クラスごとに泣いている女子の数を集計する友達を尻目にひたすら彼女の様子を盗み見ていた退場行進の時。「名刀　卒業証書」で激しく切り結ぶ集団のむこうに彼女の姿をみとめた時。委員長の提案でこっそり用意された花束をもらって泣いている先生の話が終わり、教室から送り出された時。僕はすべての役目を終えてぺこぺこになり、本来は持ってくる必要すらなかった鞄の中に手を入れ、こっそり手紙を取り出して外観に不備がないことを確かめ、彼女の方に歩み出そうとした。だけだった。

帰り道はずっと下を向いたままだったと思う。これほどまでに自分に勇気がないとは思っておらず、僕はずっしりと落ち込んでいつしか立ち止まり、うなだれていた。鞄から手紙を取り出し、足元のアスファルトに向かって何十回目か分からない溜め息を吐きかける。そのまましばらく呆然としていた。

呆然とするあまり、明らかに油断していた。ネモっち及びワッキーという危険人物が至近距離まで迫っていることに気付いていなかったのだ。

「葉山、何だそれ」

言うより早く手が伸びてきた。僕は驚いて飛び上がり、慌てて手紙を鞄に押し込む。しかし、こういう時のネモっちは鷹《たか》のように目ざとかった。

「こいつ手紙持ってる」

ネモっちが叫ぶ。「葉山がラブレター持ってる」振り返ってもう一度叫んだ。

「うそおっ」

ワッキーが駆け寄ってきた。その後ろに木場ちゃんの姿。やばいと思った。しかし遅かった。ネモっちが摑みかかってくる。「葉山見せろ。今の手紙何だよ」

「何でもないって」

無駄なことを言って抵抗する僕のまわりをワッキーと木場ちゃんが囲む。

「見せろよ」

「やだよ」

「見せろって」

「やだって」

「ネモっちなにこいつ、ラブレターもらったの？」

「いや、葉山の字だった」ネモっちは鷹のように目ざとい。「お前が渡すんだろ」

「うそっ、誰に？」

「おい葉山、誰だよ」

言いながらも僕に摑みかかり、鞄を奪おうとする。僕はネモっちの手を振りほどき、鞄を抱きかかえて守ろうとした。しかし当時の僕は、体育だけはどうやっても「B」だった。今でも「3」以上取ったことがないがそれはいいとして、全校リレーのアンカーを務めたネモっちに敵《かな》うわけがなかった。たちまち羽交い締めにされ、ワッキーにはなぜかくすぐられ、木場ちゃんに鞄を奪われた。ネモっちが僕を放して鞄に飛びつき、開けようとしたので、僕も鞄を摑んで阻止しようとした。ネモっちは鞄を木場ちゃんに投げて渡した。僕が木場ちゃんに突進すると木場ちゃんはワッキーにパスした。

卒業してもやはり小学生である。周囲の状況を考えた行動は、まだあまり得意ではなかった。

そこは陸橋の上だった。市内で最も大きな陸橋で、民家の屋根とJRの線路を見下ろし、周囲にはビルの窓と壁面が迫る高所だった。

そして、その日は風が強かった。

僕は木場ちゃんのパスをインターセプトしようとして手を伸ばし、自分の手で鞄をはじいてしまった。ぱかあっ、と大きく口を開けて落下してゆく鞄から、乾坤一擲レターがぽろりと飛び出した。

鞄は線路脇の道路に落ちた。

そこで突風が吹いた。手紙の入った封筒は高速で回転しながら吹き上げられ、ビルの屋上のむこうに、すい、と消えてしまった。

ネモっちが腕を伸ばし、眼下のビルの一つを指さす。「あのビルだよな。屋上だよな」ワッキーが頷く。

「急げっ。飛ばされるぞ」ネモっちが駆け出した。僕とワッキーが追いかける。

本気の表情だったので、僕は、おっ、と思った。ネモっちとて根は悪いやつではないのだ。

しかしネモっちは言った。「急げっ。葉山より急げ」

おい。

僕は慌ててスピードを上げたが、やはり全校リレーのアンカーは伊達《だて》じゃない。僕は運動会の百メートル走でもこれほどまではという勢いで全力疾走したが、ネモっちにぐんぐん離され、陸橋を下りきって線路脇の道に回り込むまでには十メートル以上遅れをとっていた。しかも僕が追ってくることを知ったネモっちは、僕の背後を指さし「葉山、鞄あったぞ!」と怒鳴った。

ワッキーが続けて怒鳴った。「早く取らないと車に轢《ひ》かれるぞ!」

僕は慌ててターンし、鞄に駆け寄った。ネモっちにますます離された。ネモっちの背中を目指して必死で走る。ネモっちは立ち止まり、上を見てしばらくきょろきょろしていたが、後ろから来たワッキーが「そこ！　そのビル！」と指さしたビルに駆け込んでいった。

「葉山、落ちたのあっちじゃなかったか？」

いつの間にか隣に来ていた木場ちゃんが、もう一つ先のビルを指さす。「第二高橋ビル」僕は両方のビルを見比べる。落下地点ははっきりしない。

「いや、分かんない。どっちだろ」

「おれ、あっちの屋上見てみる」

木場ちゃんは一歩駆け出し、それからすぐに足を止めて振り返った。「お前、そっち見てみろよ。根本に見られる前に」

ためらう僕に、木場ちゃんが早口で言う。「早く。おれが見つけても見ないから」

「ありがとう」僕はネモっちを追ってビルに駆け込んだ。

四階建てのビルだった。玄関脇に「キムラビル」と表示されているが落書きにより「キムチビル」になっている。一階にはいつも薄暗く、診察しているのかしていないのかよく分からない歯医者が入っている。その脇に階段があり二階へ続く。一階のゴースト歯医者には小さい頃行ったことがあるが、階段を上ったことはまだなかった。二階より上に何があるのか分からず、勝手に入っていっていいものかも分からない。しかしすでにネモっちとワッキーが上っていっているのだ。怒られやしないかと心配しながらも、僕はとにかく後を追って階段を上り始める。

階段は狭かった。汚れたクリーム色の「リノリウムのような何か」が張ってあるらしく、微妙に軟らかい謎めいた感触がした。何か饐《す》えたような臭いがした。薄暗さに目が慣れず、一段一段が微妙に高いため、僕は蹴つまずいた。頭上からネモっちとワッキーの声が響いてくる。

「上れ」「葉山来たぞ」

二階、三階と上る。階段室と廊下は焦げ茶色の分厚いドアで仕切られており、上ってみても結局、二階以上に何があるのかは分からなかった。四階の廊下につながるドアの反対側に錆《さび》色のモンキーラッタル(2)がついており、見上げるとその先に金属製の蓋がついていた。僕は飛び上がってラッタルにしがみつき、もう一つか二つ上の段を摑めばよかったと後悔しながら体を引き上げる。摑んだ位置としがみついた体勢が悪かったせいもあって、僕はばたばた壁を蹴りつつ苦労してようやっと下の段に足をかける。この日のためにせっかく用意してもらったブレザーに赤錆色の模様をつけながらラッタルを上り、頭上の蓋を押し開けると青空が広がった。手をかけて這い出た僕の顔に、ごうっ、と風が吹きつけてきた。ワッキーの背中が見えた。

期待外れなほどに平べったくて何もない、のっぺりとした屋上だった。周囲にはフェンスもなく、僕が今出てきた蓋の脇に、土嚢《どのう》とかカラーコーンが置いてある。端のほうにテレビアンテナの支柱が一本、突き出ている。あるものといえばそれだけだった。僕はまっすぐ縁まで走り、振り返った。手紙はない。縁に寄って下を見ていたネモっちが振り向いた。

「あった？」

「いや、ねえ」

気分が暗くなった。手紙は飛んでいってしまったのだろうか。確かに、こう何もない屋上に落ちたのでは、あっと言う間に風にさらわれてしまいそうな気がする。

「ワッキー、手紙あった?」

ワッキーが振り返って怒鳴る。「ねえ」

最悪だった。まる一ヶ月の苦労の結晶が台無しである。もう、この二人に読まれるのは構わないから、それでもせめて見つかってほしかった。

僕は諦めきれず、ろくに捜す場所もないはずの屋上を捜し回った。捜しながら、何やらネモっちとワッキーがひそひそ話しているのを視界の隅にとらえたが、それはどうでもよかった。出入口脇の資材のところに挟まっていないか、縁の排水溝に落ちていないか。足元のどこかに、テレビアンテナに引っかかっていないか。どこにもなかった。出入口の蓋が閉じる音が聞こえた。ネモっちとワッキーの姿が消えていた。

僕はまだ諦めきれず、すでに二回見て回った排水溝をもう一度見た。もうないよな、と思い、顔を上げて隣のビルを見た。手紙の飛ばされ方を見るに、路上に落ちたとは思えない。ここでないなら、隣のビルかもしれない。そう思い、「第二高橋ビル」に行くことにした。あっちには木場ちゃんが行ってくれているはずだ。

出入口に駆け戻り、蓋に指をかける。開かなかった。一度手を離して、改めて指をかけ直す。

(2) コの字形の金属がたくさん並んでいるタイプの梯子。

やはり動かなかった。

しまった、と思った。

「おい、ネモっち……」

ネモっちの得意技だった。彼は「閉じ込め魔」だったのだ。

普段から、ネモっちは誰かを閉じ込めるのが大好きだった。皆が部屋から出る。一人が残る。そういう状況になると、女子だろうが先生だろうが無差別に閉じ込める。自分でドアを押さえて踏ん張るだけの時もあれば、手近な紐でノブを縛る、隙間にものを詰め込む、箒《ほうき》で心張り棒をかませる……彼としては相手が出られなくなればそれでよいらしく、手口は様々だったが、共通しているのは、「自分では絶対に開けてくれない」という点だった。そのお陰で気の弱いやつは泣いてしまったし、怖い怖い増田先生に拳骨を食らったし、女子から非難の集中砲火を浴びせられたこともあった。それでもやめなかったあたりが、ネモっちのネモっちたる所以《ゆえん》である。きっと閉じ込めるのは彼の本能で、内なる何かが彼に命ずるのだろう。「やつを閉じ込めろ」と。

……だが、他でもないまさに今、どこでもないまさにここで、その本能を爆発させないでほしかった。

葉山、と呼ぶ声が下から聞こえた。縁に駆け寄って下を見る。ネモっちとワッキーが笑いながら僕を見上げていた。「葉山、頑張れよお」

木場ちゃんもいた。どうやら、「第二高橋ビル」の屋上には入れなかったらしい。僕は助けを求めようと思った。

しかしネモっちが素早く、木場ちゃんに何か囁《ささや》いた。木場ちゃんは笑顔で僕を振り仰いだ。そして叫んだ。

「葉山、ふられても泣くなぁ」

違う。木場ちゃん違う。閉じ込められてるんだってば。

しかし木場ちゃんはネモっちたちと別れ、さっさと駆けていってしまう。ネモっちとワッキーも、並んで歩いていった。彼方でワッキーが振り返り、もう一度「頑張れよお」と叫んだ。

僕は絶望でしばらく立ち尽くした。

しかし、ただ突っ立っているわけにはいかなかった。とにかく早くここを脱出して、手紙を捜さなければならない。今日、渡さなければならない。

気を取り直して蓋に組みついた。指をかけるのに最善の位置を探り、足をしっかり踏ん張って、一、二の三、で体重を後ろにかけた。蓋は動かず、僕は勢いあまって尻餅をつき、後方に転がった。

開かない。

体を起こし、四つん這いになって蓋を観察する。蓋を揺すってみると一ミリ程度の隙間ができたが、何かをこじ入れることができるような隙間ではない。覗き込んでも何も見えなかった。この蓋がどうやって閉じられたか、僕は考えた。裏側には取っ手があったから、あれに紐か何かをかけ、ラッタルに結びつければ、外からは絶対に開かなくなるだろう。

ネモっちは悪いやつではない。ただ、あまり先のことを考えてはくれないのだ。これでは、僕は一生ここから出られないではないか。

僕は周囲を見渡した。何か使えるものはないか。蓋の脇にあった資材を漁《あさ》ってみた。積み上げられている土嚢、カラーコーン、黄色と黒のロープ。それだけだった。そのまわりを一周し、排水溝を見て回る。あとはゴミしかなかった。もっとも、仮に何か工具があったとしても、僕の力では蓋をこじ開けることも、壊すこともできないだろうが。

……どうしよう。僕は座り込み、隣のビルを見た。

こんなところで閉じ込められている場合ではなかった。一刻も早くここを脱出して、隣のビルの屋上で手紙を見つけて、今度こそ彼女に渡さなければならなかった。

その後の僕は、けっこう凄かった。我ながら、よくあんなことができたと思う。今やってみろと言われても、もちろんできない。とにかく、日が暮れる頃には僕は「キムラビル」の屋上を脱出し、「第二高橋ビル」の屋上に立っていた。

屋上を歩き回り、手紙を捜した。見つからなかった。疲れがどっとやってきた。

空を見上げる。ついさっき太陽の隠れた空はまだ青みを残していた。地上を見下ろす。街は真っ黒に染まっていた。

きっと飛ばされてしまったのだろう。誰かに拾われて読まれたりしているかもしれないが、仮に読まれたとしても、もうどうでもよかった。読まれて減るものでなし、渡せなければ同じだ。それに、よくよく考えてみれば、埃《ほこり》だらけでとても渡せるような状態ではないだろう。

諦めて階段室に向かいかけた時、背後で金属めいた音がした。振り返ると、僕がいた「キムラビル」の屋上に人影があった。暗くて顔は分からない。ネモっちが戻ってくるとは考えにくい。ワッキーとはシルエットが違う。とすると木場ちゃんだろう。

「木場ちゃん？」

僕は訊いた。人影は返事をしなかった。

＊

翌日の放課後、柳瀬さんからメールが来た。

(from) 柳瀬沙織
(sub) 屋上に来い
ちょっとツラ貸せや

シメられる。そう思ったのは一瞬である。放課後の屋上は人気《ひとけ》がない。何か話があるのだろう。

屋上には午後の日差しがやわらかに差していた。風も穏やかで、暑さ寒さが全くない天国の気候だった。柳瀬さんは先に来ていて、手すりにもたれて町並みを見ていた。この人は動かず喋らずこのように佇んでいると、清純系グラビアアイドルのように見える時すらある。そのくせ一旦喋りだすと途端にお笑い芸人にしか見えなくなる。考えてみれば奇妙な容貌の人だった。

僕が声をかけると、柳瀬さんは顔だけこちらに向け、真面目な声で言った。

「葉山くん、空とか飛べる?」

しらふの人間のそれとはとても思えない物言いに一瞬混乱するが、とにかく「いいえ」と返す。

「じゃ、瞬間移動とかは?」

「ちょっと無理です」

「壁抜けでもいいけど」

「自信ないです」

柳瀬さんは「ふうん」と頷いて、僕に向き直った。「昨日あの後、木場くんと話したの。小学校の卒業式の日のこと」

予想通りだった。「ありがとうございます」

柳瀬さんは目を見開く。「お礼、言うんだ?」

「木場ちゃん、変でしたから。久しぶりに会ったのに。……僕が思うに、たぶん、僕に何か言いたいこと……か、訊きたいことがあった……のに、訊けなかったのかと。柳瀬さんが一緒だったからなのか、直接訊くのがためらわれたのか、分かりませんけど」

「察しがいいね」

「卒業式の日のこと、についてですよね？」

「うん。木場くんに頼まれたの。訊いてみてくれないか、って」

柳瀬さんは僕の目を見る。「……葉山くん、超能力者だったの？」

「そういうわけでは。……木場ちゃんから、どこまで聞きました？」

「ラブレター渡す相手まで」

「えっ？　嘘でしょう？」

「嘘」柳瀬さんは平然と言った。「木場くんはただ単に『手紙』って言ってた」にやついて僕の顔を覗き込んだ。「やっぱりラブレターだったんだ？」

「……ええ、まあ……そうなんですが」軽く誘導尋問されたらしい。まあ、他にどんな可能性があるかといえば、何もないのだが。

「木場くんから聞いたのはこう。卒業式の日、木場くんは、葉山くんのラブレターをビルの屋上に落としてしまった」

「落としたのは僕です。ネモっち……根本晶《ねもとあきら》に見つかって、取られて」

「木場くんは、自分が落とした、って言ってたけど？」

「まあ、関与はしてますけど」僕は溜め息をつく。木場ちゃん、やはりまだそのことを気にしていたらしい。「落としたのは僕です」

「ま、そこはどうでもいいんだけど」柳瀬さんは気にしていないようだ。「木場くんが知りたがっていたのは……」

「はい」

柳瀬さんはこちらに向かって、ずい、と顔を突き出す。「ラブレター渡そうとした相手って何者？　市立《ウチ》の子？　何て子？　芸能人で言うと誰似？」

「それ、本当に知りたがってました？」

柳瀬さんは斜め下を向き、「ちっ、ガード堅い」と言って舌打ちした。

それから、眼下の町並みに視線を戻す。

「木場くんから聞いたけど、あの日、葉山くんは『キムラビル』の屋上に閉じ込められてた」

「はい」

「しかも隣の『第二高橋ビル』の屋上にも、鍵がかかってて入れなかった。……それなのに同じ日の夕方、葉山くんは『第二高橋ビル』の屋上にいた」

「その通りです」やはり木場ちゃんはあの時、「第二高橋ビル」の屋上には入れなかったらしい。

柳瀬さんはぱっちりと目を開いて、僕を見る。「それ、どうやったの？　話だけ聞くと怪奇現象なんだけど。大声で誰か呼んで助けてもらったとか？」

「考えてみれば、そうすればよかったんですよね」

周囲に人はいなかったが、待っていれば誰か通ったはずである。だから、今の僕ならそうしただろう。閉じ込められているから助けてくれ、と、大声で人を呼べばいい。「第二高橋ビル」

の屋上に鍵がかかっていたとしても、大事な落しものをしたから、と頼めば、大人たちはなんとかしてくれただろう。しかし当時の僕には、そんな恥ずかしい真似は考えられなかったのだ。

「じゃ、どうやったの？　葉山くん、巨大化とかできるの？」

「まさか」どこまで本気なのか、人外のものを見る表情になった柳瀬さんの視線に射られ、僕は慌てて否定する。「別にたいしたことはしてません。ただ単に」

頭上から声が響いた。「そこまでだ！」

柳瀬さんががばっ、と振り返る。「誰っ？」

太陽を背にして、階段室の上に制服のブレザーとネクタイをはためかせる男のシルエットがあった。

「――文芸部部長、伊神恒《いがみこう》。葉山君、君の話はそこまでだ。それ以上は僕が許さん」

何かテーマ曲でも聞こえてきそうな物言いだ。伊神さんはひねりや宙返りこそ入れなかったが体操選手のように華麗に階段室から跳び、僕たちの眼前に着地した。

「……伊神さん、どこから出てきたんですか？」

なんとなく悪役の気分になりながら僕は訊いた。伊神さんは階段室を指さす。

「何やってたんですか」盗み聞きのような趣味がある人ではない。……いや、どうだろうか。

「考え事だよ。決め台詞《ぜりふ》を考える必要があってね」

「はい？」そんな必要のある人間は、そうそういないと思う。「……何のですか？」

「それよりも柳瀬君。木場君はどうも不思議な体験をしたようだけど」

妖怪扱いされては困る。僕は先に説明しようとした。「……別に、不思議というわけではないです。僕は」

伊神さんは僕の顔前に掌《てのひら》を突き出した。「言わないように」

それから明らかに笑みをこらえながら柳瀬さんを見る。「柳瀬君、確認しておくよ。『キムラビル』の屋上は封鎖されていた。『第二高橋ビル』も同様」

「……はい」

「なのに、『キムラビル』の屋上に閉じ込められた葉山君は同じ日の夕方、『第二高橋ビル』の屋上にいた」

「怪奇現象でしょう?」

伊神さんは唇を引き結んで力強く頷く。「まさに」それから肩を震わせて「ふふふふふ」と笑った。何か凄く楽しそうだ。

「あのう伊神さん、別に怪奇でも何でもないです。僕は」

「言わないように、と言ったでしょ。君さえ黙っていれば怪奇現象なんだから」

「そんな」

「ふふふ。実に不思議だよね。ふふふふふ」

それで納得がいった。伊神さんは、謎とか怪奇とかいう言葉にやたらと弱い。かといって神秘主義者というのではなく、自らの知性と博覧強記をもって、謎を「解明する」のが大好きなのだ。だから、不可解な事象には喜んで飛びつく。そして大抵の場合、見事に解決してしまうのだ。

しかしそれにしても、今回は別に怪奇現象ではないことが最初からはっきりしている。起こしたのが僕だからこれは当然である。

「でも伊神さん、謎も何も、僕が答えを知っているわけですから」

「だからこそ、言うな、って言ってるんだよね」伊神さんはなぜか呆れたような顔をして僕を見る。「君ねえ。ピースに並べる順番が書いてあるジグソーパズルを喜ぶファンがいる？　アルコールを静注《じょうちゅう》してそれで満足する酒好きはいないでしょ」

「言われてみれば……」しかし本当にそれでいいのか。

「それじゃ、行こうか」

「えっ、どこにですか」

「もちろん、現場だよ。まずは現場を見てみないと話が始まらない」

僕の返事も待たず、伊神さんはさっさと歩き出した。「面白そう」柳瀬さんも後を追う。

……当然、僕だけが行かないわけにはいかない。まあ、伊神さんは楽しそうだし、いいとしようか。


小学校時代の通学路だから、僕にとっては庭のような地域である。どのビルがどこにあっていつどのように改装したか、春に毛虫が大量発生する危険な樹はどれか、野良猫や野鳥の動向まで把握している。「キムラビル」は四年前のままだった。もともと古い建物であり、外観に特に変化があったようにも見えない。

同行した僕にそのことだけを確かめ、伊神さんは「キムラビル」の周囲を歩き始めた。外壁を見上げ、周囲の樹木をチェックし、時に腕を差し上げて指を奇妙な形にし、何かを計測している。見上げながら平気で道路の真ん中に出るから大丈夫だろうかと思ったが、この道は狭さとややこしさが幸いして全く車が通らない。帰宅時間にもまだ早く、人通りもなかった。

伊神さんはてくてくと隣の「第二高橋ビル」に向かい、やはり同じように外壁を見上げる。

僕と柳瀬さんは、少し離れた場所からその様子を見ていた。

「柳瀬さん、時間、大丈夫ですか？」

「何が？」

「いえ、部活とか」

「今日、休み。部室にいたって喋ってるだけだし、伊神さんと一緒に謎解きした方が健康的じゃない？」

健康的かどうかはさておき。「……あのう、木場ちゃんに頼まれたのって、それだけですか？」

「そうだけど？」

少し妙に思う。「他には何か、訊きたそうにしてませんでしたか？」

「私、人の表情読むの苦手なんだよね」柳瀬さんは首をひねる。「私が聞いたのは、とりあえずそれだけ。木場くんこの前、根本くんだっけ？　ネモっちと会って、卒業式の日のことが話題になったんだって。で、そこで聞いたんだって。葉山くんがあの日、『キムラビル』の屋上に閉じ込められてた、って。木場くんは友達から、その日、葉山くんが『第二高橋ビル』の屋上にいた、って聞いてたから……」

「でも、それなら……」

それだけのことならなぜ昨夜、僕に直接尋ねなかったのだろう。別に答えにくいような事柄ではない。それに、柳瀬さんも言っていた通りだ。それだけなら、普通は疑問に思わない。大声で呼んで誰かに来てもらって、隣のビルも誰かに開けてもらって、それで解決。そう解釈して納得するはずである。

「……木場ちゃん、僕が『キムラビル』の屋上に閉じ込められてた、っていうの、最近になって聞いたんですね？　つまり最近までは知らなかった」

「そう言ってたけど？」

「僕が『第二高橋ビル』の屋上にいた、っていうのも、誰かから聞いて知ったんですね？」

「うん。……どしたの？」

「いえ……」

僕はあの日の記憶を再生し、柳瀬さんに話した。あの日、「第二高橋ビル」の屋上にいた僕は、「キムラビル」の屋上にいる人影を見ている。ずっとあれは木場ちゃんだと思っていたが、違うらしい。

……だとしたら、誰だ？

「それはまた、妙だね」

いつの間にか伊神さんが背後に来ていた。また口許が緩んでいる。「まあ、葉山君が起こした怪奇現象と関係があるかどうかは別だけど」

「伊神さん」

どうでした、と僕が訊くより早く、伊神さんは整然と報告する。「『第二高橋ビル』の屋上に、外から侵入するのは困難だね。外壁に足場なし、というよりとっかかりがまるでないから、例えば外壁のどこかにロープを引っかけてよじ上るのは困難。このビルの外壁を上れたとしたら、そいつは蜘蛛《くも》男だ」

それは確かにそうだ。「第二高橋ビル」はつるんとした直方体であり、外壁にはおよそ足場も摑むところもない。

伊神さんは二つの建物を振り仰いで言う。「『キムラビル』の方も同様だね。まるで足場がない」

二つとも無表情に真四角なビルである。僕から見ても、この外壁をよじ上る人間、という絵は、ちょっと想像がつかなかった。

「そうなると、手段は限られてくるよね」

伊神さんは楽しげに頷いた。

「キムラビル」の内部は四年前と全く変わっておらず、屋上には今でも侵入可能だった。通常、建物の屋上に用がある人はおらず、かえって事故の元になるというので、こういうところの出入口は施錠しておくものだが、ここの管理人はあまりそのあたりは気にしていないらしい。

四年ぶりに上った屋上はやはり、空しいほどに何もなかった。端のほうに取り付けられたテレビアンテナが一本、孤独に突き出ていて、月面に立てられた星条旗を思わせた。あの時は出入口の脇に資材が積まれていたが、それすらも片付けられてしまっている。線路に面している方を前とすると、前後は七、八メートル、左右は二十メートルはあるだろうか。その広さゆえに、ますます何もないことが際立つ。これではほとんど「空中牢獄」である。立ち上がって四周を見回し、あまりに何もないので一瞬、地面が消えたような錯覚を覚え、僕は眩暈《めまい》を感じて足を踏み直した。

伊神さんは屋上をひと回りし、縁から下を覗き、隣の「第二高橋ビル」を見た。腕を伸ばしてまたもや何か計測している。

「……どうですか？」

伊神さんは足元を見て、それから視線をゆっくり前方に移した。このビルにも隣にも、屋上の外周にフェンスのようなものは設置されていない。排水溝がぐるりと巡っているだけである。

「ここから隣の屋上まで、だいたい六メートル、といったところかな」

柳瀬さんが言う。「頑張れば飛び移れません？」

伊神さんが呆れたような顔をして答える。「ここにマイク・パウエルを連れてきて『飛び移れ』と言ったとしても、間違いなく『ノー』と答えるだろうね」

「それ以前に僕、小学生でしたよ」

「それも体育が苦手な」

僕は伊神さんを見る。「……知ってたんですか」

伊神さんは笑った。「今の君を見てれば想像がつくよ」

……まあ、そうでしょうね。

思わずふくれた僕を見て、伊神さんは微笑する。「さて、飛び移るのは無理。しかもこの真下には、利用できそうなものが何もない」

身を乗り出して下を覗いてみる。この下も四年前のままだ。何台も入らない、幅の狭い駐車場があるだけである。

「先に言っておきますが、こちらの屋上には何もなかったわけではないですよ」

僕がそう言うと、伊神さんは体ごとこちらを向いた。「それも確認しないとね。当時、ここには何があった？」

「ロープがあったんですよ。相当長い」

「ええっ？」

驚いた声をあげたのは柳瀬さんである。「それじゃあ、全然謎じゃないじゃない」

しかし伊神さんは落ち着いたままだった。「そう思う？」

「だって、ロープがあれば……」柳瀬さんは勢い込んでそこまで言ったものの、伊神さんの様子に自信をなくしたらしく小声になった。「……なんとかなりませんか？」

「例えば？」

「例えば……」柳瀬さんは伊神さんを上目遣いで見る。「どこかに引っかけて、下りれば……」

「どこに引っかけるつもり？」

「あれはどうですか？」

柳瀬さんは振り返り、反対側の隅から突き出ているテレビアンテナを指さした。

「あれなんだけどねえ」

伊神さんは困った顔をして腰に手を当て、アンテナに向かって歩いていく。僕たちも反対側まで歩き、三人でアンテナの根元を覗き込んだ。支柱はボルトで留めてあるだけだ。

伊神さんは支柱を手で摑んだ。「これ細いんだよね。これ一本に何十キロも荷重がかかると、たぶん曲がるよ」

柳瀬さんが素早く僕に訊く。「葉山くん、体重何キロ？」

「ええと……五十キロ弱、くらいでした」

「意外。太ってたの？」

「そうでもないです。身長がもう、百六十センチくらいありましたから」

「へえ。じゃ、伸びてないんだね」人が気にしていることを、伊神さんは平気で言った。「今の体重はもっと軽いだろう。珍しいね。児童期に肥満だった子供が標準になった、というならともかく」

「確かに少し痩せましたね。脂っこいものが苦手になりまして」

「年寄りか君は。……しかし当時、体重がそれだけあったとすると、これにロープをかけてぶら下がるのはちょっと無理だね。この支柱じゃせいぜい、耐えられる荷重は三十キロといったところだし。しかし、かといって……」

伊神さんはぐるりと首を巡らせる。「他にロープを引っかけるべき場所もない」

「別に屋上になくても、どこか下の方にあるんじゃないですか？」

「どこに？」

柳瀬さんはその問いにしばし硬直し、それから足元を覗き込んだ。その姿勢のままカニ歩きで移動し始める。何か落っこちそうで、心配になってきたので、僕はついていって背後に控えた。柳瀬さんはカニ歩きのまま移動を続け、途中で一度排水溝につまずいて転びそうになり僕に引っぱられて事なきを得たりしながら、結局、一周して元の場所に戻ってきてしまった。

それから、下を見たまま呟く。「……ない」

伊神さんがそれに応じる。「そうなんだよね」

「引っかける場所、全然ないですよこのビル。ナマコみたい」

どんなナマコを想像したのかよく分からない譬えだが、とにかくそういう構造なのは確かである。

「もちろんそれでも、方法が全くないわけじゃない」

伊神さんの言葉に、僕と柳瀬さんが注目する。

「このビルの何かに引っかけてぶら下がるのではなくて、地上の何かに引っかければいい」

【図1】

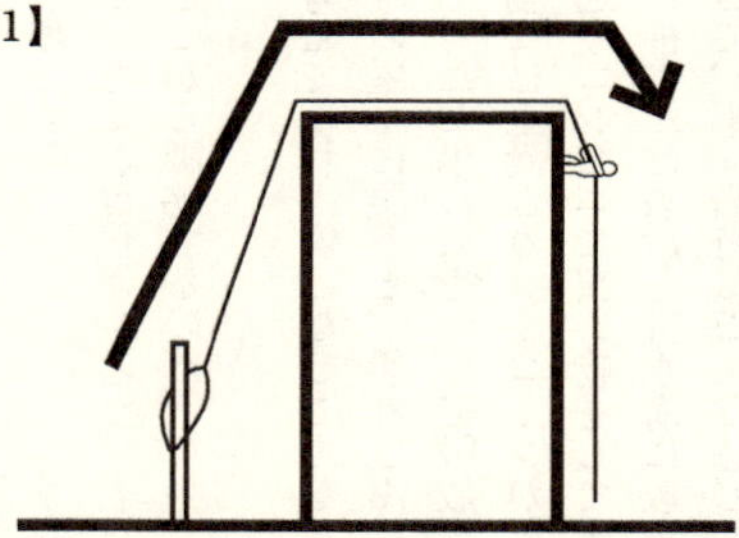

こうなる。

「え？　どういうことですか？」

飲み込みかねた様子の柳瀬さんに、伊神さんは冷ややかに言う。「君、空間図形、苦手でしょ」

「うっ」

伊神さんは手ぶりを交えながら説明してくれた。

「真正面にある方がいいだろうね。例えば、道路脇の標識までロープを投げて引っかける。そこからロープを引っぱって屋上を横断、反対側から下りる。荷重は標識と、建物の角にかかることになる」

「……なるほど」【図1】

「ただ、実際にできたかどうかは疑問だね。ここから地上までロープを投げたとして、本当にうまく引っかかるものかな？」

伊神さんは一人でそう言い、しばらく沈思黙考したのち、うん、と頷いた。

「試してみよう。ついでに当時の状況も再現したいな。葉山君、当時ここにあったのはロープの他に？」

「小さめの土嚢が五、六個とカラーコーンが二、三個……あとゴミです。コンビニのレジ袋、使い捨てライターと……煙草の吸殻もいくつか」

「使えるものはないか、必死で探し回ったわけだね」

「はい」

「じゃあそれを用意しよう。葉山君は土嚢とカラーコーンを」

「無理です」

「じゃあそれは僕がやろう。君はロープを。柳瀬君はコンビニで買い物を」

どこから調達するのだ。


考えてみれば僕はなぜこんな買い物をしているのだろう。そう悩みながらも僕が「キムラビル」の屋上に戻ると、伊神さんはしゃがみこんで煙草に火をつけていた。吸うつもりはないらしく、ただ単に火をつけて吸殻を作ろうとしている。そこまで再現するとは思わなかった。その脇には土嚢とカラーコーンが置かれている。一体どこから調達したのだ。柳瀬さんは言われた通りコンビニで買い物をしてきたらしく、縁に腰かけてビッグサイズのプリンを食べている。

伊神さんは吸殻を排水溝に散らして立ち上がった。

「さて、事件当時はこんな感じだったのかな。……それじゃ、ちょっと試してみようか」

「あのう伊神さん、本当に試すんですか？」

伊神さんは答えず、僕から受け取ったロープをためつすがめつして、重さや強度などを確かめている。それから地上を眺め回し、いきなりロープを放った。

「あのう」

「失敗。もう一回」ロープを引き上げ、再び放った。

「あの、伊神さん、下には通行人も」

「当てはしない。もう一回。……お、成功かな」

プリンを食べながら柳瀬さんが近づいてきた。「どうですか？」

「成功だ」

下を見ると、二重になったロープが道路脇の標識に引っかかっている。あれでは通行人の邪魔になる。僕は焦ったが、伊神さんは平然としている。

「このロープを、反対側まで伸ばす」

伊神さんは二重にしたロープを引っぱりながら、道路と反対側の縁まで移動した。両手で勢いよくロープを引く。ロープは外れることもなく、ピンと張った。柳瀬さんが感嘆の声をあげる。「おおお。うまくいくもんですね」

「で、こちら側の縁から下りる」束ねたロープを僕に差し出した。「さあ」

「さあ、じゃないですよ」やれというのか。

「君が一番軽い」

視界の隅で柳瀬さんがうなだれた。「痩せたい……」うなだれたままプリンを一匙《ひとさじ》、口に運んだ。

「無理ですよ。落っこちたらどうするんですか」

このままでは本当にやらされかねない。断ったら断ったで、伊神さんは「じゃあ僕が」と言いだしかねない。僕は仕方なく言った。

「僕がやったのはこの方法ではありません。それに、そもそも、この方法で下りられたとして、どうやって隣のビルに上るんですか？」

「外れ？」

「外れです」

「いつになく挑戦的だね」

そう言われても。

「じゃ、別の方法を考えよう」

伊神さんはたいして落ち込んだふうもなく、というより、どちらかといえば嬉《うれ》しげにロープを回収し始めた。ロープは二重にして、折り返し部分を引っかける形で標識に引っかけているので、一方を引けばここからでも回収できるのである。道路を見下ろすと、主婦らしき女性が一人、怪訝《けげん》な表情を浮かべ、ロープを避けて歩いていった。

ロープを回収した伊神さんは、今度は、回収したロープの一端に投げ縄状の輪を作った。作ってからまたほどき、しばし思案し、「第二高橋ビル」に近い方の縁に歩いていった。

僕もついていく。隣のビルまで、伊神さんによると距離約六メートル。

伊神さんは何か思いついた様子で、おもむろに足元にあった僕の鞄を拾い上げ、ロープにくくりつけた。先程と同じように輪を作り、鞄をずらして、輪の先端に鞄が来るように合わせる。

「あのう伊神さん、それは」

「即席のスローイングロープだよ。先端に重しをつけておかないと、何メートルも先までロープを投げることはできない」

「いえ、そうでなくて」

「隣のビルにロープを投げたとしても、引っかける場所はあそこしかない」伊神さんは顔を上げ、前方を見据えた。視線の先には「第二高橋ビル」屋上、階段室の上についているテレビアンテナがある。

「あの、伊神さん」

伊神さんはロープをぐるぐる振り回し始めた。「ここからあのアンテナまでは約二十メートル。水難救助用のスローイングロープは、熟練者なら三十メートルは投げる」

「ちょっと待ってください」

伊神さんは遠心力をつけてロープを放った。投げ縄状のロープの先端……と、僕の鞄は、約三十度の角度で空に舞った。そして、目標であったアンテナの手前で落ちた。

「……あれ、僕のなんですけど……」

「もう一度」伊神さんはロープを引き戻し始める。「まっすぐ飛ばそうとしたのが失敗かな。最適角度だから、四十五度程度にしてみるか」

そう言うや否や、再び放った。ロープは前回よりは遠くまで飛んだようだが、やはりアンテナには届かない。

「無理だねえ。せいぜい十二、三メートルしか飛ばない」

隣の僕をちらりと見る。「当時の葉山君だと、十メートル弱といったところかな」

伊神さんはさっさとロープを引き戻し、鞄を外した。よかった。僕の鞄、とりあえず戻ってきた。思わず鞄を抱きしめる僕を見下ろし、伊神さんはようやく気付いたらしい。「ああ。君のだった?」

伊神さんはロープをまとめると、隣のビルを見据えた。「近く見えて、なかなか遠い」

確かにそうだった。屋上の縁から縁までは六メートル程度しかないが、唯一ものを引っかけられるテレビアンテナは「第二高橋ビル」の反対側の端にあるのだ。直線距離で約二十メートル。しかも取り付けられているのは階段室の上であり、二、三メートル高い位置でもある。

伊神さんは振り返って、僕たちが持ち込んだ道具を見る。「道具はあれだけ。あとは衣服と人体か。さて……」

どうやら本気になったらしい。伊神さんは屋上の縁にどっかり腰を据えた。

僕もその隣に腰をかけた。「どうですか?」

「難しいね。君が考えたとは思えないほどに」

僕の隣に柳瀬さんが腰かけた。すでにプリンは食べ終えたらしく、今はシュークリームを手にしている。「葉山くん、凄いね。必死だったんだ」

「……今思えば、そうですね」

三人並んで屋上に腰かけているなんとも平和な構図がしばらく続いた。伊神さんは乗ってくると周囲の視線も物音も気にならなくなるようで、一人ぶつぶつ言い続けている。柳瀬さんはさっさとシュークリームを食べ終え、今度はカップ入りのティラミスを出した。ティラミスを食べる柳瀬さんと散発的に言葉を交わしつつ、ぶつぶつ言う伊神さんに時々目をやる。そうして時間が経っていった。暖かかった日は傾きかけ、空の色温度に倣《なら》うように気温が下がり始めた。屋上の縁に三羽の雀《すずめ》がとまり、しばらく遊んで、それから二羽が、不意に飛び立った。残された一羽は、いつまでもちょこちょこと跳ね回っていた。

伊神さんが突然言った。「作戦その一」声に驚いて残った雀が飛び去った。

「……ロープをほぐして糸を作る。土嚢をほぐして籠《かご》と罠を作り、鳥を捕まえる。捕まえた鳥の脚に糸を結びつけ、放す」

「それは、無理では」

そんなサバイバルめいた技術はない。

「無理だね。鳥がどこに飛んでいくかなんて分からないし、そもそも手製の罠で鳥を捕まえるというのは、そう短時間でできるものではない」

伊神さんは自分で言ったことを自分で否定し、さらに続けた。

「作戦その二。カラーコーンを切ってフライングディスクを作る。それにロープをつけて飛ばす」

「フライングディスク、って」

「これも無理だろう。葉山君がフライングディスクを二十メートル飛ばせるかといえば怪しいし、そもそも紐なんてつけたらフライングディスクはたいして飛ばない。とすると、ふむ……」

伊神さんは唸った。相当煮詰まっているようで、呻《うめ》いた、といった方が適切かもしれない。

伊神さんがもう一度聞きたい、と言うので、僕は事件当日の経緯を繰り返した。伊神さんは視線を中空に据えたまま、微動だにせずに聴いている。その様子を見て僕は、今この人の頭に電極をつけて脳波を計測したら、きっと脳科学者がひっくり返るような波形が出ているに違いないぞ、と思った。

一方の柳瀬さんはティラミスも食べ終えたようで、今度はチョコクレープを出した。

「……たくさん買ってきたんですね」

柳瀬さんは苦笑いを浮かべる。「甘いもの買ってこい、っておおっぴらに指示が出ちゃったから、つい気が緩んで」

伊神さんは別に「甘いものを買ってこい」と指示したわけではない。

柳瀬さんはチョコクレープを僕に差し出す。「食べる?」

ありがたく半分、いただくことにする。柳瀬さんはガサガサと袋を探った。まだ何か買ってきているらしい。

突然、伊神さんが立ち上がった。「それだ」

僕と柳瀬さんは仰天してひっくり返りそうになった。完全にひっくり返ったら落ちていたわけで、これはかなり危険だった。

「……伊神さん?」

「葉山君。もう一度話を聞かせてもらおうか。そう……最後の部分だ。夕方、君が脱出した後のところを」

「はあ」

なぜそこが重要なのかが分からないが、とにかく僕は繰り返した。夕方、脱出した僕は「第二高橋ビル」の屋上から、「キムラビル」の屋上にいた人影を見た……。

それにしても、あれは一体誰だったのだろう。

「解けたよ。ようやっと、だ」

伊神さんは会心の笑みを浮かべ、僕の肩に手を置いた。「なかなかの難易度だった。これまで僕が遭遇した謎のうち、十一位か十二位には入る」

それははたして凄いことなのだろうか？

しかし伊神さんは満足げに頷く。「理論はできた。あとは実証だ」

「実証」と言うからそうなるだろうと思ってはいたが、案の定、伊神さんは「実際に試してみよう」と言いだした。そして嬉々として準備を始める。柳瀬さんは何やら別命を受けたようで、屋上から小走りに立ち去った。

伊神さんが始めた作業を見て、僕は「たぶん正解ですよ」と言ったが、伊神さんはそれでも実験するつもりらしい。それで僕はまた不安になった。せっかくここまで準備したのだから、実演してその目で確かめてみたい、というのは分かる。しかし、もしかしてまた僕に「やってみて」と言いだすのではないか。

そろそろ暗くなってきた屋上で作業を手伝いながら、僕は伊神さんに訊いた。

「あのう伊神さん、分かった、って、何がきっかけで分かったんですか?」

「いろいろある」伊神さんは手を休めずに答える。「直接のきっかけは、君が繰り返した話だね」

「繰り返した……というと、最後の部分ですか? 人影を見た、っていう」

「その通り」

僕は首をかしげざるを得なかった。「……どこが、ですか? 僕から見ると、あの部分が解決に何か関係あるとは、思えないんですが」

「まあ、ただのきっかけだからね。それも後で説明するよ」

伊神さんは晴れ晴れとした表情だ。数学のややこしい証明問題が解けた時……を何倍かにしたと考えれば、このような表情になるのかもしれない。

「それと、もう一つ。君があの時見た人影が誰だったか、ということに関しても、一つの仮説が成り立つ」

「本当ですか?」

「手が止まってるよ」

「あ」思わず立ち上がっていた僕は、慌てて座り直す。

「ただ……」下を向いて作業を続ける伊神さんの表情に影がさした。陽はもう落ちかけている。

伊神さんは僕を見た。

「一応、確認しておこう。君はその仮説を聞きたいと思うんだね？」

僕は面食らってしばし沈黙したが、結局、はい、と頷いた。

柳瀬さんが戻ってきた。柳瀬さんはモグラのように出入口から頭だけ出した状態で伊神さんと目配せを交わし、一つ頷いた。

伊神さんは宣言する。「さあ、実験開始だ」


九月の夕空に、二つの凧《たこ》が舞い上がった。あの日ほど風はないが、あの日よりしっかりと作り込んだ凧だ。僕も伊神さんも手作業は得意だから、目算で作ったわりにはバランスが崩れず、凧は気持ちよさそうに浮遊している。

糸でつながれた二つの凧を器用に操作しながら、伊神さんは言う。

「……テレビアンテナの支柱には直接、葉山君をぶら下げる強度はない。地上の何かに引っかけたわけではない。とすると、葉山君がロープを使って『まず地上に下りる』というのは困難だ。それなら直接、『第二高橋ビル』の屋上に移動した、と考えるのが合理的だよね。それなら問題は、葉山君はどうやって、隣のビルまでロープを渡したか、という形になる」

伊神さんはスナップをきかせ、衝突しそうになった凧を離した。もう少しで目標距離だ。

「というより、『どうやって二十メートル先のアンテナまでロープを届かせたか』といった方が正確だ。ろくにもののない屋上で、小学生の君が考え出したのが、これだ」

「伊神さん、距離二十メートルです」伊神さんの手元をチェックしていた柳瀬さんが、無線機を通して喋るような作り声で言う。「降下開始《ビギンディセント》」

「了解《ラジャー》」

伊神さんも似たような声色《こわいろ》で応じると、途中で糸同士が絡まないよう、慎重に凧を降下させ始めた。

「……ロープはほぐして糸状にできる。それもかなり軽量で、引っぱり強度があり、長さも充分に得られる糸だ。そして、ポリ袋は風を受けて飛ぶのに適している。切り開いてカイトを作れる程度には、ね」

伊神さんはちらりと僕に視線を送る。「君は鞄を持っていたし、カイトの骨組みになる材料くらい、探せばあっただろう。しかしあの日、屋上にあったのは『コンビニのレジ袋』だ。内容物として考えられるのは、食べ終わった弁当の容器。とすると、箸も付属している。僕が思うに、君が使ったのはそれじゃないかな？」

僕は言った。「正解です」

「凧は二つ作る。それから双方の糸の中間を糸で結び、大きな輪の形にする。それを、こうやって……」伊神さんは凧を降下させ、テレビアンテナの少し先を狙って着地させた。

「おおー。うまくいった」柳瀬さんが感嘆の声をあげる。「機長《キャプテン》、お見事です」

伊神さんは慎重に二本の糸を引っぱる。糸はアンテナの支柱に引っかかった。伊神さんはしっかりと引っかかっていることを確認すると、一本を慎重に引き始めた。しゅるしゅると音がして爪が引き寄せられ、代わりに、引いていない方の先につながっているロープが現れた。伊神さんが引くのに従い、ロープは徐々に空中へせり出していく。引いている方の糸につながった爪が回収できる頃には、もう一方の端につながったロープは、テレビアンテナに到達していた。伊神さんがそのまま引っぱると、テレビアンテナの支柱を折り返したロープが少しずつこちらに戻ってくる。ほどなくして、伊神さんは戻ってきたロープを摑まえることに成功した。

【図2】

柳瀬さんが拍手する。僕も言った。「できましたね。そう何度もうまくいくことじゃない、と思ってましたが」

「仕上げだ」伊神さんは二本のロープを引っぱりながら、反対側の縁に移動する。テレビアンテナの支柱にロープを引っかけ、二本を結びつけて大きな輪にした。

僕ははるばる結ばれたロープの輪を見渡した。「キムラビル」のテレビアンテナから「第二高橋ビル」のテレビアンテナまで。ロープの総延長六十メートルを超す大きな輪っかだ。あらためて見ると、けっこう壮観だった。

「当時の君の体重は五十キロ弱。そのままアンテナにぶら下がっていたら、おそらく君は今、ここにはいなかっただろうけど」伊神さんはさらりと言った。「二本のテレビアンテナにロープを渡せば、支点は二つになる。葉山君がぶら下がる位置は、『キムラビル』のアンテナから二十メートル、『第二高橋ビル』のアンテナからも二十メートル。実際には理論値通りにはいかないとしても、『キムラビル』のアンテナの支柱にかかる荷重は二十五キロを下回るだろうね。これならぶら下がることができる。……もっとも、当時の葉山君がそう計算したかは不明だけどね」

「一応、してました。そのままぶら下がったら壊れそうだから、二点吊りにした方がいい、って」

伊神さんは僕の肩を叩いた。「じゃあ」

「無理ですよ」

「君、あの頃より軽いでしょ」

「そんな」

このロープを渡って、実際に空中を移動するのは六メートルに過ぎない。しかし二度とやる気にはなれなかった。確かに必死ではあったが、あの頃はよくこんなことができたものだ。

「まあ、いいか。支柱の固定が弱くなっていたら危ないしね」

伊神さんはそれでも満足げに頷いた。「気付いたきっかけは、さっきの君の話だ」

そう。伊神さんは確かにそう言っていた。「どういうことですか?」

「君が話した場面で、君は『第二高橋ビル』の屋上にいながら、出入口の蓋が開く音を聞いている。一方、『キムラビル』の屋上にいた彼は、葉山君の言葉が聞き取れていない。それはなぜか。……つまり、『キムラビル』から『第二高橋ビル』に向かって、かなり強い風が吹いていたからだ」

伊神さんは僕の肩越しに言葉を投げた。「……そうだろう? 木場君」

【図2】

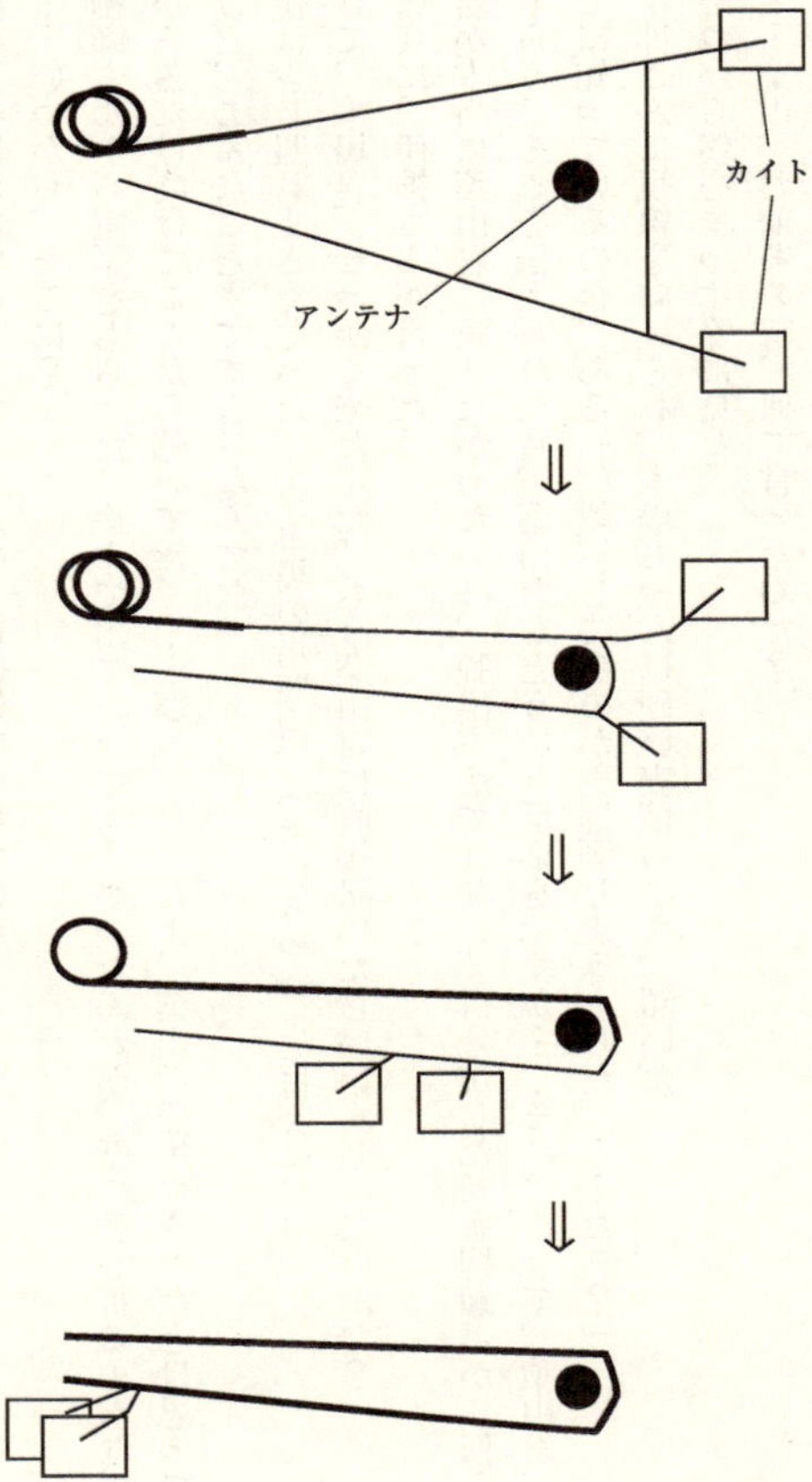

僕が驚いて振り返ると、木場ちゃんが出入口から這い出てくるところだった。昔の彼ならともかく、巨大になった今の彼には、この出入口はきつそうだった。

膝の埃をはたいている木場ちゃんを、僕は驚いて見ていた。

「……いつから、そこに?」

「柳瀬さんから電話をもらった。途中で出ていってもよかったんだが、話の腰を折るのもな。だから蓋だけ開けてここから聴いてた。……びっくりしたよ、葉山。器用なやつだとは思ってたけど、こんなことまでできるなんてな」

僕は少し照れくさくなった。「火事場の馬鹿力、っていうやつだと思うよ」

「さて、木場君。せっかく来たんだ。もう葉山君に直接訊いたらいいんじゃないかな?」

唐突に、伊神さんが言った。

「君が本当に葉山君に訊きたかったのは、脱出方法ではない。自分がした話を柳瀬君から伝えてもらう。それを伝えられた時、葉山君がどういう反応を示すか……それによって、葉山君がすでに知っているのか、あるいは誤解してるのかを推測しようとした。……だろ?」

伊神さんに視線を向けられ、木場ちゃんは硬い表情のまま、頷いた。

それから僕をまっすぐに見た。

「……葉山、お前あの時、何て言ったんだ?」

不思議な質問だった。

「……別に、たいしたことは。『出られたから大丈夫』って……」

そこで僕は、あの時のことを思い出した。「『今下りていくから』って言ったのに、聞こえなかったのか」

木場ちゃんは僕の答えを聞いて、なぜか、痛みをこらえる顔になった。その斜め後ろから、伊神さんがあまり遠慮せず言う。「言いたくないなら僕が言おうか」

「いえ」木場ちゃんは伊神さんを振り返り、ぼそりと言った。「……別に、言いたくない、とかじゃない、っす」

木場ちゃんはためらっている。それを見て、僕は言うことにした。「分かってるよ」

木場ちゃんは顔を上げた。僕は続けて言った。

「あの日、僕を閉じ込めたのは、木場ちゃんだった」

目を見開いた木場ちゃんの口から、勝手に漏れたかのように言葉が出てくる。「……知ってたのか。とっくに知ってて、それで……」

こう、いつまでも気にし続けるあたりは、いかにも木場ちゃんらしい。そう思った。

「なんとなく気付いてたよ。あの時、僕が見た『キムラビル』の屋上の人影は、やっぱり木場ちゃんだったんだ。僕には、そうとしか見えなかった。だとしたら変だ。僕を閉じ込めたのがネモっちたちなら、木場ちゃんはどうして、僕が閉じ込められているのを知ったんだろう？あの時木場ちゃんは、ネモっちから、僕が閉じ込められていることを聞いてはいなかった。だって『ふられても泣くな』って言ってたもんね。しかもその後すぐにネモっちたちと別れている。それならなぜ木場ちゃんは、僕が夕方、まだ『キムラビル』の屋上にいる、と思ったんだろう？」

僕は一息に言った。けっこう、うまく言えたと思う。そして結論。

「……つまり、僕を閉じ込めたのが木場ちゃんだったからだ。それ以外にない」

話しているのは僕と木場ちゃん。だが、伊神さんはこういう時でも平気で割り込む。

「木場君。君は、葉山君がそのことを知っているかを知りたかった。それは換言すれば、夕方『キムラビル』の屋上にいたのが自分だということを、葉山君が気づいているかを知りたかったということだ。もし知っているならば、おそらく自分が犯人だということもバレているだろう……。だからあえて、事実とは違う話を柳瀬君に伝えた。……『閉じ込められていたと根本君から聞いた』『屋上にいるのを見た友達がいる』……葉山君がそれを聞き、いぶかったなら結果は『イエス』、平然としていたなら『ノー』。木場君がそう言っていたと聞いた葉山君が、やはりあれは木場君ではなかったらしい、と思ったとしたら、それはそれで都合がよかった」

喋る伊神さんを見て、木場ちゃんはなかば呆れた声で言った。「……よく、そこまでまとめて話せますね」

それから、自嘲《じちょう》が色濃く浮かんだ苦笑を僕に向けた。

「……まあ、そういうわけさ。ひでえもんだろ？　こすくてさ。俺が閉じ込めた、って、お前が気付いていなければそのまま、なかったことにしておくつもりだった」

木場ちゃんがあまりに自分を悪《あ》しざまに言うので、僕は遮った。「悪戯だろ？　僕も似たようなこと、やってたよ」

「……悪戯じゃ、ねえんだよ。悪意でやったんだ。俺は」

『悪意』？」

木場ちゃんと「悪意」という言葉が結びつかず、僕は鸚鵡《おうむ》返しに訊いた。

しばらく木場ちゃんと視線をぶつける。

ややあって、木場ちゃんはまた、あの自嘲的な苦笑を浮かべた。

「……悪意だよ。悪戯じゃねえ」

「……なんかそれって、きつい言い方しすぎてない？」

「しすぎちゃいない」木場ちゃんは断言した。「細かく言えば、原因は嫉妬だ」

またもや意味が分からなくなった。「……嫉妬？　僕に、ってこと？」

木場ちゃんは一気に言った。

「そうだよ。知ってたか？　あの頃お前、けっこう女子にもてたんだぜ。体育とか音楽は駄目だが、他では優等生だったし、女と普通に話せたし、家庭科は得意だったし」

……知らなかった。もったいないことだ。

「……それ本当？　気のせいじゃないの？」

「やっぱり気付いてなかったのか。お前らしいけどな。……それに身長も俺より高かった。俺はチビだったから」

……今は逆じゃないか。木場ちゃんもそう思ったらしく、ぼそりと言った。「今は俺、こんなんだが」

つい、溜め息が出てしまう。「……嫉妬、か。まあ、小学生の頃だし」

「そのお前がラブレターなんて持ってたから、畜生、って思ったんだよ。絶対うまくいく、誰に渡すんだ、ってな」

……それで、渡すのを阻止しようとした、というわけらしい。

「……俺は、隣のビルから戻ってすぐ、お前のいたビルに上った。笑いながら下りてくる根本たちとすれ違って、ああ、また閉じ込めたな、と思った。上っていってみたら、蓋の隙間に何か詰め込んであった。それを見て俺は、これじゃすぐに開けられる、と思った……。だから俺は、蓋の取っ手に靴紐を結びつけて縛った。今なら、根本たちのせいにできると思った」

確かにあの状況なら、ネモっちたちがやったと思うだろう。

木場ちゃんは、逃げるように僕に背中を向けた。

「……分かっただろう？　俺はこういうやつなんだ。みっともねえ」

それは言いすぎだと思う。僕は言った。

「……そんなことで四年間も悩んでたのか。真面目なやつだな」

木場ちゃんは振り向く。「……お前に言われるとは」

「僕だったらとっくに忘れてるよ。だって、ちょっと悪戯しただけだろ？　そんなの誰だってするだろ。それに、悪戯の動機にちょっと悪意が混じってたくらいで気にしすぎだよ。僕だって昔は、いろんなやつに嫉妬してたよ。ネモっちは体育のたびにヒーローだったし、マスターん家《ち》はゲームが山ほどあったし、井守《いもり》は大きなお兄さんが遊んでくれて羨ましかった。そんなもんだろ。あの頃なんて」

木場ちゃんはまた顔をそむけた。聞こえるか聞こえないかくらいの声で僕に問う。

「……お前、本当に、気付いてたのか？」

「当たり前だろ。昨夜会って、木場ちゃんがまだ気にしてるって知ってびっくりした」

僕は、うなだれた木場ちゃんの背中を叩いた。後ろから肩を組む。

「……四年間もずっと悩んでたのか。御苦労様」

「葉山」

「ん？」

木場ちゃんはやっと、絞り出すように言った。

「……ごめんな」

気にするなよ、と言って木場ちゃんの肩を叩く。……僕もちょっとごめん。木場ちゃん、もっと早くにそれ言うチャンスがあったらよかったのにね。

翌日の放課後、僕はまたなんとなく屋上に出ていた。本館はあのビルと同じ四階建てだ。下を見て、今ならとてもあんな空中散歩はできない、とあらためて思った。小学生の頃は誰でもけっこう、怖いもの知らずなところがあると思う。平均台に乗って落っことしあったり、ロケット花火を投げつけあったり、今思うとよく怪我《けが》をしなかった、というようなことを平気でやっていた。

背後で扉が開く音がした。僕は振り返らずに言った。

「……柳瀬さん、ですね」

「正解」

柳瀬さんは僕の隣に来た。「物思いにふけってましたか」

「ふけってました」

「木場くんのこと」

「そうでもないです」

「ふうん」

柳瀬さんは、町並みに視線を移して沈黙していた。

しばらくして、町並みを見たまま、おもむろに口を開いた。

「……本当に気付いてた？」

「何をですか」

「閉じ込めたのが木場くんだ、って」

「それはもう」

「へえ」柳瀬さんは余裕ありげに言った。「葉山くんの説明、けっこう無理あったと思ったけどなあ。それに木場くん、根本くんと一旦別れた後、もしかしたら閉じ込められてるかも、って思って戻ってきたのかもしれないし、後で根本くんかワッキーくんから聞いたのかもしれないし」

「……それは、ないでしょう」

「じゃあ、ないことにしてあげる」柳瀬さんは微笑んだ。

しかし次の瞬間、微笑が「満面の笑み」に変わった。

「ところでさあ、葉山くん」

「はい？」

柳瀬さんは何かを取り出した。「……こういうものがあるんだけど」

紙。……手紙だ。ごわごわになっており、相当古いもののようだ。だが見覚えのある封筒……。

僕の脳天に雷が落ちた。……そんな馬鹿な！

「……ちょっ、ええっ？　なんでですか？」

「葉山くんがあの日、見つけられなかったのも無理ないよね。暗かったから、捜せなかったんでしょ？　明るいうちに捜せば、けっこうすぐに見つかるようなところにあったけど」

「あの」

柳瀬さんは素早く一歩、僕から間合いをとった。そして向日葵《ひまわり》のような笑顔を見せる。「今朝、捜してまいりました」

「そんな、だって」

「あのビル、ちゃんと管理人さんいたよ。で、『屋上に落しものをしてしまったんですっ、助けてくださいっ』」

やったのか。

柳瀬さんは嬉しげに、そして全く躊躇なく開封した。

「えーと、『拝啓　渡会千尋《わたらいちひろ》様』……私、ラブレターに頭語つける人初めて見たんだけど」

「いや、丁寧な方がいいと思ったんですよ」

「えーと、『いつか言おう、言おうと思っているうちにどんどん時が過ぎ……』」

「ああっ、やめてください！」

僕は耳を塞いで逃げようとした。しかし柳瀬さんが僕の服を掴む。「ちょっと！　普通そこで逃げる？　違うでしょ？」

「はい？」

「普通は取り返しに来るものでしょ？『やめろよ』『やだもーん』で、もみあって腕を掴んだ拍子にこう、がば、って向きあって、目が合い、動きが止まり！　ほら！　カモン！」

カモンと言われても。

「来ないと読むよ？」

「いや、それは」

「葉山くん、強引さが足りないなあ」

「強引なの苦手です」

「えーと、『……いつも、あなたの姿を目で追っていました。あなたがどこにいても……』」

「すいませんっ、ほんとやめて」

その後は結局、全部読まれた。

で、そのおかげで、僕はのちに彼女と……渡会千尋と再会することができたのである。

……いや、「再会してしまった」と言うべきなのかもしれないが。

サイン会というやつを避けてきた。顔を出したくない、という理由もあるが、きっと自分には苦痛だろう、と思っていたのだ。衆人環視の店頭で読者のイメージを壊さぬようひたすら営業スマイルを続け、一瞬たりとも気を抜けない。作家ならば気のきいた受け答えも期待されるかもしれない。読者に対して何と声をかければいいのか。読者に声をかけられたらどうすればいいのか。そうしたことで悩むだけでも煩《わずら》わしい。そう決めつけていた。

しかし実際にやってみるとそうでもない。やってくる読者はみな笑顔で、どうやら私と話ができるだけで嬉《うれ》しいらしい。気のきいた受け答えができず、時には失礼と思えることを言ってしまっても、彼らはにこにこと笑っていた。私は随分といい気分にさせてもらった。先生、と呼ばれることが、これほどまでに気分のいいことだとは知らなかった。私は最初こそ緊張していたが、三番目に並んだ読者が明らかに私より緊張して汗をかいているのを見て逆に安心し、以後はリラックスして適当に流すことができるようになった。最初、会場に出た時は、並んでいる人の多さに逃げ出したくなったくらいだったが、二時間のサイン会が中盤にさしかかる頃には、あと何人いるのか、もう少し来てはくれまいかなどと考えてすらいた。

読者と握手をし、サインを書き、時には差し入れなどもらい、そして自分の作品の話をするのは楽しかった。私は有名なのだ、人気者なのだ、ということが今更ながらに実感できた。顔を出すことに不安はあったが、人が集まるといってもせいぜい百人である。場所も書店の片隅だ。そう目立つわけではないからと、いつの間にか落ち着いていた。

その男は、安心しているところにやってきた。

若い男だった。端整な顔立ちで落ち着いた物腰だったが、二十歳くらいに見えた。二十歳だとすればまだ大学生であるが、雰囲気からして相当「いい大学」に通っているのではないかと思わせるものがあった。しかし学生にしてはスーツを着慣れているようでもあり、若い者特有のてらてらした表情がなかった。奇妙なやつだと思った。もちろん、そう思いながらも普通にサインをした。彼は私がサインするまで一言も喋らなかったが、去り際に、なぜか左手を出して握手を求めた。

左手で握手に応じると、彼はにやりと笑った。

「……お久しぶりです。天童《てんどう》先生」

私は動けなくなった。彼は手を離した。

数秒ののち、ようやく冷静さを取り戻した私は急いで彼の姿を捜したが、その時にはもう、彼は外の雑踏の中に消えていた。

第二話　中村コンプレックス

恋愛の相談ができる友人は持つべきであるが、恋愛の相談など友人にするものではない。

理由は簡単。後々までからかわれるからである。そもそも誰それのことが好きであるという事実は当人にとって弱点以外の何物でもない。誰それを好きだということはその誰それの前ではびくびくおどおどするということであり、恰好悪いところは死んでも見せられないからひた隠しにせねばならないということであり、当該誰それの視線だの表情だの何気ない一言だのにいちいち反応し、一喜一憂するということである。はたから見ればこれほど面白いことはない。僕だって恋する他人は見ていて面白いし、例えば学校行事のちょっとしたグループ分けなどでにやにやしながら彼と彼女が近づけるよう譲ってやったり彼の目の前でこれ見よがしに彼女に対して好きなタイプ云々の質問をしてその返答に彼が体中を耳にしている様を横目で眺めて楽しんだりといったことをしないとも限らない。友人に恋愛の相談をすると友人というやつは大抵いいやつだから大抵の場合「よっしゃ俺も応援してやる」などと言ってくれるがその「応援」

の内容はえてしてこういうものである。友人は彼のために応援してくれているのではなく自分が楽しんでいるのだ。これは「応援してやる」と言った時の友人の口許にへばりつきぶらぶら揺れている「へっへっへ」の笑いを見落とした本人が、つまり僕が悪い。

五ヶ月ほど前のことである。僕のちょっとした油断と、演劇部部長の柳瀬《やなせ》さんの恐るべき行動力によって、僕は小学校時代に書いたラブレターを読まれ、それによって当時の渡会千尋《わたらいちひろ》への恋心が柳瀬さんにバレた。

そしてそれから一週間もしないうちに、そのことを知った人間がいる。中学時代からの同級生でミノこと三野小次郎《みのこじろう》。どういう星の巡りあわせなのか分からないが、この男は昔から不思議と、他人の秘密を聞きつけることが上手かった。もっとも今回は不思議でもなんでもなく、単に柳瀬さんが言いふらしただけなのだろうけど。

ミノはその直後、美術室の僕のところに来て肩を叩き、「へっへっへ」「知らなかったなあ」「いやあそうかそうか渡会千尋っていうのか」「よっしゃ俺も応援してやるへっへっへ」といったようなことを言った。昔の話だ、卒業式の日にもう諦めたのだ、と言っても、当然のことながら信じてはくれなかった。僕は一通りからかわれ、遊ばれ、しばらくしてその話題は忘れられた。と思っていた。

甘かった。

曇り空の放課後。この間の「壁男事件」以来芸術棟は立入禁止になってしまっているので、美術部は活動場所を別館の美術室に移した。「壁男事件」がどんな事件でなぜ芸術棟が立入禁止になったのかについては、別のところで語ったのでここでは触れない。それに今の僕には、放課後の美術室の寒さのほうが重大事であったりする。移ってみて分かったのだが美術室は広い上に床温度が低いので非常に寒く、旧式のストーブが死に物狂いで唸ってもあまり意味なくうす寒い。二月なかばの最も冷え込む時期だから、仕方がないといえば仕方がない。座っていると寒いのだが別にアクション・ペインティングをやっているわけではないので踊りながら描くわけにもいかず、僕はせいぜい体を揺すりながら春のポスター展に向けての制作に集中していた。

背後でがらがらばんとやや無遠慮に戸が開いた。振り返ると、演劇部のミノがそんなものをなぜ持ち歩いているのか照明機材用の電源ケーブルを肩にかけた恰好でずんずん向かってくる。ミノは側の椅子を一つ引き寄せると僕の正面にどっかりと腰を据えた。「葉山、今いいか?」

僕が絵筆を置いて振り返ると、ミノはいきなりわけの分からないことを言いだした。

「これから俺が単語を続けて言う。それに対してお前は『は? 何それ』と返してくれ」

「えっ、何それ」

「『は? 何それ』だ。いいな」

「よくないって。何だよいきなり」

「いくぞ。『虹』」

「いや、ちょっと、どういうこと」

「返事は？」

「……『は？　何それ』」

「『コップ』」

「『は？　何それ』」

「『ペンギン』」

「『は？　何それ』」

「『コンバット越前』」

「『は？　何それ』」

「『紅茶キノコ』」

「『は？　何それ』」

「『渡会千尋』」

「うっ、……『は？』……『何』『それ』」

ミノは上半身をのけぞらせて爆笑した。「はははははは。お前なにその面白い反応」

「いや、別に……いきなり知ってる名前が出てきたから、ちょっとびっくりしただけだよ」

「嘘つけ。思いっ切り詰まってたじゃねえか」

「いや、ちょっと噛んだだけだから」

「いいや視線が泳いでた。……なるほどね。よく分かったよ。お前意外と粘着するタイプだね」

「お互い様だろ。五ヶ月も前のネタを……」

しかし自分で驚いてもいた。不意に名前が出たくらいでまだそんなにうろたえるとは思っていなかった。確かに渡会千尋のことは小学校の、おそらく三、四年生あたりからずっと好きだったわけで、人生最初の恋だからつまりこれが初恋ということになる。だが彼女は中学から私立に行ったから中学高校は当然別々だったし、東京方面の学校だったから朝夕に偶然すれ違うといったような幸運ももちろんそんなものを期待してはいなかったが一度もなかった。というわけで結局、小学校卒業以来一度も会っていない。蜘蛛《くも》男になったあの日、今日こそはっきり告白しようと心に決めていたのになぜ勇気が出なかったのかああ情けないあの日を最後に、僕は彼女からハレー彗星のごとく一定速度で遠ざかり続けているのである。次に会うのは七十六年後だと思っていた。彼女はもちろんもう僕のことなど覚えていないだろうし、僕も忘れようと努めてきた。そして五ヶ月前のあれこれを最後にこの名前にはさよならを言った。

つもりだった。のだが。

渡会千尋。久しぶりに聞いたその名前がスイッチになって彼女に関する記憶がずるずるずると芋づる式に再生される。……当時音楽の時間にはピアノを弾いていた。たぶん先生よりうまかった。思わず凄いと言ったら照れてはにかんだのを覚えている。家庭科の調理実習では彼女と二人で班全員分の仕事をこなし名コンビと言われた。周囲から彼女とセットで扱われた経験はあれ一つしかなく彼女と個人的につながりがあったのもこの時だけだったからこの思い出は何度も反芻《はんすう》し、小学校時代の記憶のうちこの部分だけが今ではマウスパッドの中央部分のごとくすり減っている。作業が丁寧で頭がよかったので全教科にわたって成績優秀で、友達の宿題をよく見てやっていたのも遠距離から盗み見て知っている。それから下級生の面倒をよく見る人だった。あまり大声ではしゃぐタイプではなく、いつも静かな表情をしていて。でも喋るべき時ははきはきと喋るしっかり者で。思い出してみると随分整った顔立ちをしていたようだ。まわりの女子がいつも褒めていた綺麗な黒髪には僕もしばしば目を奪われた。今もそのままだといいな。

「お前いま、思い出してるだろ」我知らず追想にふけっていた僕に、ミノがだしぬけに言う。しまった読まれたと思ったがしかし、前後関係からすると読まれて当たり前だった。

お前分かりやすすぎ、と言ってミノが笑う。それから腕を組んでうんうんと頷いた。「いいねえ一途《いちず》な恋心。俺なんかとっくの昔にそんなもの忘れちまったよ」

同い年なのにミノは年寄りのようなことを言う。「青春だねえ」

僕は椅子に座り直した。一つ咳払いをする。「……渡会千尋がどうしたって？」

ミノは身を乗り出し、鼻息がかかるぐらいに僕に顔を近づけた。「……会いたくねえか？」

なぜミノからこういう話が出てくるのか分からず、僕は返答に困った。「会いたく、って……だって」

ミノはぎらりと目を光らせる。「どうなんだ？　会う気はあるのかないのか」

「いや、それは……っていうか、なんでいきなり」

「イエスかノーかで答えろ」

なぜか追い詰められた。ごまかしても仕方がない。「……イエス、だけど」

「素直でよろしい。……ときに、愛心学園《あいしん》は知ってるな？」

「何だっけ。東京の方にある女子校……」

「とぼけんな。お前が知らないはずがない」ミノは僕の肩に手を置き、ぐいと握って指を食い込ませる。「仕事だ。そこの吹奏楽部を手伝う。……来るな？」

僕は美術部である。しかし入学直後に一度、吹奏楽部の看板制作を手伝ったのが縁で、その後もたびたび吹奏楽部のリハーサルの録音だの演劇部の仕込みの手伝いだのを頼まれるようになった。断る理由もなく、また一方では裏方仕事に熟達してきてしまったこともあってほいほいと引き受けているうち、美術部は他文化部の助っ人というか便利屋として認知されるようになってしまった。頼まれる仕事自体は面白いしもしかしたらそれが縁で誰か美術部に入ってくれないかなどと期待してもいるが、いまだに誰一人入ってきてはくれない。チューバを吹け、男声《だんせい》がいない、と僕が勧誘されるばかりである。

「いいけど……それ、どういう縁？　愛心学園と市立《ウチ》なんて全然つながりないよね」

「東《あずま》さんに頼まれた」

ミノが言う。これはちょっと意外だった。ほんの三週間前に起こった「壁男事件」で、ミノと東さんは脅迫者と被脅迫者の立場を演じた。いわば敵同士だったわけだ。それにもかかわらず仲が悪くなっていないというのは、お互いに何か認めあうものがあったのかもしれない。

「あの人、むこうで何度か客演してて、大人気なんだってよ」

「へえ。……それまた、どういう縁で」

「分かんねえ。分かるのは『滅茶苦茶羨《うらや》ましい』ってことだけだ。……くそっ、いいな女子校。ほんと、どうやって紛れ込んだんだろうな。うまくやるよなあの人」

ミノはオーバーに口を尖らせる。しかしまあ、なんというか、東さんは僕たちが羨ましがってもどうしようもない人だ。背が高くて顔がよくてセンスがいい。家も金持ちだ。市立《ウチ》の吹奏楽部でも随分もてて、彼女をとっかえひっかえしていたと聞く。女子校に飛び込んだりしたらどれだけの騒ぎになるか、ちょっと想像がつかなかった。

「で、あの人、今は愛学に彼女がいるんだ。東さんがその彼女から頼まれて、舞台装置いじれるやつ紹介して、ってことになったんだ。あそこの吹奏楽部、今度のコンサートで舞台照明とか派手に使った演出することになったんだけど、裏方やれる子がいなくて手が足りないらしい」

ミノが親指で自分を指す。「で、俺が颯爽《さっそう》と救援に向かったわけ。へっへっへ。演出の人と仲良くなっちゃったよ俺。たまには年上もな」

こういう時のミノは行動動機がはっきりしていて、実に爽やかである。

そしてミノは肩を震わせ、声なく笑った。「……で、演出の人にたまたま演奏者の名簿を見せてもらったわけだが」

「……あっ、まさか」

「ふふふふふ。そのまさかだ。見つけたんだよ。オーボエパートに、渡会千尋」ミノは僕の背中を強烈に叩く。「会えるぞ、おい！」

「おお……」頬が紅潮して緩むのを自覚しながら感嘆の声を漏らす僕に、ミノは笑顔で言う。

「仕込みに人手がいるから演劇部《ウチ》の部長にも来てもらうけど、せっかくだからお前も誘ってやろうっていうわけ。感謝しろ」

ミノがにやりと笑う。僕は素直に答えるしかない。「……感謝する」

「よし。明日本番な」

「えっ、明日？」

「渡会千尋！」

「……行く」

「よっしゃ」

翌日は建国記念日で休みである。よく晴れて風もない気持ちのいい日で、車通りがなく静かな町並みに日の丸がちらほら。祝日に国旗を飾ることについてはいろいろ意見があるようだが、絵的に見ただけなら青空に日の丸はよく映える。市立の演劇部《ウチ》からいくらか機材を持っていくということで、ミノは肩にケーブルをかけ腕には灯体用スタンドを抱えたスーパーガンダムみたいな恰好でやってきた。柳瀬さんはミノに荷物を全部持たせて軽装でやってきた。ミノは鞄にも荷物を満載しており、これは大変だと半分預かったら鞄一つで鉄アレイでも詰めているのではないかという重量だった。にもかかわらず彼は平然としており、元気一杯で鼻息を噴き出していた。どうも興奮状態にあるらしい。「ふっふっふ。女の園。ふしゅー」出走前の競走馬に似ていた。

僕は正直なところ、女の子ばかりの空間がそんなに楽しいとは思えなかった。僕の家には妹の友人が大挙して遊びに来ることもあるからなんとなく想像がつくのだ。女の子が多いのはそれはそれで華やかというべきかもしれないが、多すぎると文字通り姦《かしま》しいことになるしその中に男がぽつりではははなはだ居辛いことになるだろうと思う。女子校の男性教員など周囲からやたら羨ましがられるそうだが、そうするとそれは随分可哀想な話である。

愛心学園は我が県と東京都のほとんど境界線上にある私立の女子校である。初等部が併設されているのでお嬢様学校というイメージがあるが、どちらかというと才色兼備がモットーの進学校といった方がよく、制服も地味で市立《ウチ》のそれに似ている。学校の歴史もかなり古いらしく、校舎壁面のくすみが俄《にわ》か物とは一線を画す威厳を醸《かも》し出している。校舎壁面のくすみなら我らが市立《いちりつ》高校も自信があるのだが、こちらは単に安普請に見えるだけだ。どこでこういう差が出るのだろう。「おじさま」と「おっさん」の差みたいなものだろうか。

扇状に広がる客席の総数五百。飾り気はないが天井が高く、一言で言うなら「立派な」としか表現のしようがない講堂が今回のコンサートの舞台だ。開演は夕方だが仕込みやリハーサルがあるため集合は午前九時。祝日なので生徒の姿はそれほどなく、講堂に足を踏み入れても女の子に囲まれるということはなかった。しかし客席の隅でパート練習をする小集団や舞台上で装置をいじる小集団など、それぞれがぱたぱたと駆け回っていてそれなりの活気。僕は本来「本番」などない美術部員なのだが、ステージ前のこうした雰囲気はけっこう好きである。

ちーす、とミノがやや張り上げる感じで挨拶をする。舞台上の何人かがこちらを振り向いて挨拶を返してくれた。ミノが呟く。「ううむ。もっと、こう……」

舞台上にいた一人がこちらに駆けてきた。「おはようございます。私が部長の波木《なみき》です。よろしくお願いします。今、演出の……」波木部長はそこまで言って突然、僕の背中のむこうに視線を飛ばし、黄色い声をあげて手を振った。「東さーん」その声に反応して講堂中からきゃー、という歓声があがった。

振り返ると東さんがサックスのケースをぶら下げ、いつものゆらゆらした歩き方で入ってきたところだった。部長さんはワーナーブラザースのアニメキャラよろしく砂埃《すなぼこり》を残して走り去り、東さんに駆け寄って様々な歓迎の言葉を連射する。どたどたと足音がして数名の女の子がそれに続き、たちまち東さんは囲まれた。

「おい……」

ミノと二人、しばし呆然とする。柳瀬さんだけはにやにやしている。「もてるねー東」

しばらくしてミノが、顔中の穴という穴を目一杯開いて僕に言った。

「……おい。……おい！　何だこの扱いの差は？」

「まあ……東さんだからね」僕が落ち着いて返事できたのは、集まった女の子たちの中に渡会千尋が含まれていないのを確認したからにすぎない。

ミノは天を仰いだ。「不公平だ」それは全くその通りである。

と、制服の集団に紛れて一人、黒のパーカーにジーンズという恰好の人がいた。彼女はそう低くない舞台上から軽やかな動きで飛び降り、猫のように軽やかな動きでこちらに駆けてきた。

「おはようございます。三野さんですよね？　一年の石井《いしい》あゆみです」

　彼女は外見も猫に似ていた。目とか口許とか部分部分を見ても別に猫に似てはいない。鬚が生えているわけではないし額もちゃんとある。だが総合するとどうにもこうにも猫だった。首の後ろを摑むと「みー」と鳴いてちぢこまりそうだし顎《あご》の下を撫でるとごろごろ喉を鳴らしそうだ。

　気を取り直したミノがういっすと答えると、石井《ネコ》さんはぱっと頭を下げた。「部長が失礼しました。あの、手伝っていただいてありがとうございます。今日はよろしくお願いします」

「こちらこそ」ミノが渋い声を作って荷物を置き、さっと構えて僕を紹介した。「こいつが葉山。俺の部下です。俺ほどじゃありませんが一通りのことは仕込んでありますので、手足だと思って使ってやってください」どうやら彼女が気に入ったらしい。

　ミノに仕込まれた覚えはないが、僕も頭を下げる。「葉山です。僕も一年生ですので。……」僕は、目が合うなり失礼かもしれないと頭の片隅で止める声があるにもかかわらずつい口が滑り彼女に対しはっきりと「猫に似てますね」と続けてしまうぎりぎり手前で踏みとどまった。

「演劇部部長の柳瀬です」柳瀬さんが僕に続いて右手を差し出し「石井さん、ネコに似てるね」あっさりと言った。

「よく言われます。でも私、ネコ苦手なんです。毛がアレルギーで」

　あれ、と首をかしげる柳瀬さんの手を握り、石井さんはなぜか「すいません」と言い、それから外見に似合わぬてきぱきとした口調で僕たちに説明した。

「この講堂なんですが、控え室は狭いのでちょっと使えません。なので荷物は客席に置いてください。舞台から見える位置に置いていただければ監視しますので、泥棒の心配はないです。それとお昼ですが、祝日なので購買は開いていないんです。お持ちでなかったら、後で近くのコンビニまで案内させます。自動販売機は部室棟の裏にあります。ええと、あと」僕たちの服装をひょい、と確認する。「もし着替えが必要でしたら、控え室の方にご案内しますが、必要ですか?」

「大丈夫っす」ミノが応じる。石井さんに向ける視線が熱い。

柳瀬さんが僕に囁《ささや》く。「可愛いのに、しっかりしてるね」その両者はあまり関係ないのでは。

「それで仕込みの話なんですが、詳しい話は、私ではちょっと」

石井さんは困った顔で首をひねる。この説明役だって、本来は彼女の役目ではないのだろう。

「あの、今ちょっと舞台監督《ぶたかん》の人が……部長!」

石井さんは伸び上がって部長さんを呼ぶが、どうも届いていないようだ。僕たちが振り返ると、申し訳なさそうに頭を掻いた。「すいません。ウチの部長、東さんのファンなんです。もー、しょうがないなあ」

僕には「しょうがないにゃー」と聞こえた。わざとやっている様子はない。声質がそうなのだろう。

「すいません。とりあえず裏方担当の子を紹介します。一年生の八重樫日名子《やえがしひなこ》です」石井さんは講堂をさっと見回す。前方隅の座席に座って何やら図面を広げている人に目を留め、ひょいと手を上げてその人を招いた。「ヒナ！　市立の人来たよ！」

裏方担当という八重樫さんが小走りにやってくると、石井さんと「任せた」「うん」と短く言葉を交わしてこつんと拳をぶつけあう。格闘家めいているがこの二人の間のサインらしい。八重樫さんも裏方らしくちゃんと黒のトレーナーにジーンズという恰好であり、それを見たミノは満足げに一つ頷いた。八重樫さんは石井さんとは対照的に長身で鋭い容貌だったが、ミノは彼女も気に入ったらしく、渋い作り声で自己紹介をして微笑みかける。およそミノには「好みのタイプ」なるものが存在しないようで、これは彼の美点の一つだと思う。

ミノは腕をぐるんと回す。「さて、仕事にかかりますか」今日の彼はいい仕事をしそうである。

愛心学園のみなさんは舞台慣れしていないらしく、僕たちの仕事は多かった。あちらを手伝いこちらを引き受け、案内役の八重樫さんと一緒に袖から袖へと駆け回る僕。渡会千尋を捜す時間はなく、そもそもどこにいるのかも分からないままだったが、それはあまり気にならなかった。「女子校のみなさんに恰好いいとこ見せてやるぜ」と意気込んでいたのに照明機材の操作の方が面白くなってしまったらしく二階のブースから出てこなくなり、しかし的確に指示を出して三十分巻きで照明の仕込みを終えたミノ。最初は舞台監督の人をもどかしそうに見ていたが途中から彼女に代わって仕込みの指揮をとりだした柳瀬さん。もうすぐバレンタインなので舞台袖で複数の女の子からチョコをもらっていた東さん。市立高生は全員、なかなかの活躍ぶりであった。

夕方、本番が始まった。僕と柳瀬さんは八重樫さんの指示のもと客席上部のスポットライトを操作する役を仰せつかり、お客さんの肩と頭頂部だけを見られる貴重なポジションで本番を迎えた。拍手とアナウンス。顧問の先生の挨拶。お客さんの大部分は出演者の家族親戚なのだろうが、それでも相当の数が集まっているようで、人の熱気で暖められた客席の空気が伝わってきた。そして演奏が始まる。一曲、二曲、途中休憩。愛心学園吹奏楽部の演奏がうまいのかどうかは僕にはよく分からない。ただ傍《かたわ》らの八重樫さんが時折「あー」とか「うっ」とか言っていた。

客席上方のブースで息を潜めて過ごす時間は意外と早く過ぎ、最後の曲になった。舞台上が明るくなると、歓声があがった。東さんが中央手前、おそろしく目立つ位置に立っていた。もし僕があんな場所に立ったら緊張で石膏像になるだろうが、東さんは目立つことと見られることに慣れているらしく、客席に小さく手を振ったりしていた。

最後の曲はブラスバンドではもはやお約束となった〈ルパン三世のテーマ〉だ。もともと盛り上がる曲である上にミノの照明演出が派手で、客席からは何度か低音のどよめきがあがった。腹に響くトロンボーンに毛を逆立てるパーカッション。いい盛り上がり方だ。一番が終わり僕の出番が来る。「ラスト十六小節です」八重樫さんが宣告する。「三、二、一……Q！」柳瀬さんと同時に、最終音に合わせて舞台中央にスポットライトを集める。うまくいった。ここから東さんのソロだ。

次の瞬間、僕は体ごと突き上げられた。あっと思う間もなく、今度は四方から乱打された。僕は声なく吼《ほ》えた。客席からも、どおおっ、という歓声があがった。

東さんのソロは恐るべきインパクトだった。引き倒されるほどの速いテンポ。最初から全開だった。駆け上がり跳躍する。絞り上げ弾き飛ばし、しかし不意に断絶する。こちらが勢い余ってたたらを踏むと、あざ笑うようにもう走り出している。東さんの音はそこだけペインティングナイフで厚塗りしたかのような圧倒的な存在感で、一人だけ明らかにレベルが違うのが僕にも分かった。超絶技巧を見せつけながらも余裕の笑顔。口と指だけ別の生き物のようだ。ビートが弾け、メロディが舞い踊り、そしてフィニッシュに四連発のフォルテシモ。仕上げはド派手にアッパーカット。僕はのけぞり、マットに沈んでKO負けした。舞台が明るくなり、終演時でもこうはなるまいというスタンディングオベーション。「きゃー」とか「ぎゃー」の声もいくつか交ざっていた。

僕はパンチドランカー状態でふわふわとしていた。いきなり柳瀬さんが手を伸ばし、僕のスポットライトの灯かりを落とした。

「君ィ、スタッフが聴き惚れてちゃいかんよ」

言われてようやく意識が戻った。危なかった。

「十六小節後、暗転です」

八重樫さんも冷静だった。

そして終演。割れんばかりの拍手が長々と持続する。顧問の先生と部長さんが花束をもらった後、数人の女の子が舞台に駆け上がって東さんに花束を渡した。予定になかっただろうに、東さんは落ち着いて受け取り彼女らと握手していた。と思ったら、ステージ上でも何人か立ち上がり、東さんに駆け寄って握手を求める人がいた。凄いな、と思ったら、部長さんが花束を置いて立ち上がり、チョコの包みにしか見えないものを渡していた。

部長さんの表情からするにおそらく舞台は成功だったのだろう。僕たちは打ち上げに招かれ、女の子の喋るペースに圧倒されながらも一通り楽しく過ごした。ただ東さんは来ておらず、また渡会千尋もいなかった。ミノは始まる前「お持ち帰り」云々を口にしていたが、結果的には演出の人とずっと話していたようだ。僕もだいたい柳瀬さんと話していた気がするが。

帰り際、並んで歩くミノに東さんの演奏は凄かったねと言ったら、ミノはまた天を仰いで嘆息した。

「ありゃあもてるわ。あれにゃあ負けた」

何か勝負していたらしいミノの敗北宣言が、白く色づいて夜空に消えた。

翌日の放課後、またミノが美術室に来た。なんとなく「昨日はお疲れ」のような言葉を交わしたが、その後にすぐ訊いてきた。

「昨日忘れてたけどお前、渡会千尋とは話せたの」それを訊きに来たようだ。

「いや、仕込み中、視界にはいたと思うけど……そういえば話してない」

「駄目だなあお前。何のために仕事したのよ」ミノは西洋人よろしく両手を広げて肩をすくめる。

「……そうだったね」思わず苦笑する。昨日は一日中充実していて、そのことは途中から忘れていた。それに、仮に面と向かっていたとしても話せたかどうか。なにしろむこうがこちらの存在を覚えているかどうかすら怪しいのだ。

「でも、東さんがあんなに恰好良かったし。東さんのファンかもしれないよ」昨日の様子を見せられた以上、そう考える方が楽なような気がした。

それを聞いたミノがにやりと笑う。「とーころが。そうじゃねえんだなぁ」

「え。そうなの」

ミノが吹き出す。「やっぱり興味津々じゃねえか」

「いや、……」

「仕方ない。教えてやろう。……演出の人から聞いたんだけどな。愛学の吹奏楽部はもう三分の二くらい東さんのファンで、ほとんどファンクラブみたいになってるらしい。……くそっ、いいよな。部員全員つったら四十人とかだろ。お前、その三分の二ってそれ多すぎだろ。いや明らかに多すぎだよなそんなにいらねえって。半分回してほしいよな。格差社会の縮図がここにも。まあそれは措いとくとして」ミノは興奮気味にまくし立ててから自分で話の軌道を戻した。「そういう事情だから、東さんのファンじゃない人は自然と特定されるわけだ」

それから僕の肩を摑む。「喜べ。オーボエパートの渡会千尋は東否定派の一人だ。演出の人から聞いた。渡会いわく『ずっと一緒にいる相手なら、もっと安心できる人がいい』だってさ」

重しが外されたような感覚。「そうか」

「そしてお前はとてもいい友人を持った！」

ミノが腰に手を当て、大きな声で言った。

「その友人は昨日、愛学の講堂に八メートルのケーブルを一本、忘れてきた。すぐに取りに行かなきゃいけないが彼はあいにく今日歯医者だ。代わりが必要だ」

ミノと目が合う。ミノは親指を立て、およそ虫歯などなさそうな白い歯をのぞかせる。「演出の人に頼んでおいた。今日の放課後、代理が取りに行くから、誰か面識のある……オーボエの渡会千尋にでも持たせて渡してくれ、とな」

「おい……」

「言っとくが、他には忘れものはねえぞ」

足取りは軽かった。別にあわよくばどうこうして、ということを具体的に考えていたわけではない。それはもう諦めている。ただ会ってみたかったのだ。会って今の彼女をちゃんと目に焼き付けたかったし、僕のことを思い出してもらいたかった。ミノに感謝せねばならない。

平日の女子校は生徒の目が多く、また制服姿の男が校内にいるのが珍しいようで皆ちらちらとこちらを見る。不審人物扱いされないだろうかそもそも勝手に入っていいのかと二、三分逡《しゅん》巡《じゅん》するが、いや忘れ物を取りに行くだけだからと開き直り、とりあえず生徒手帳を携帯していることを確認してから歩を進める。講堂に隣接して部室棟がある。屋内を通らず土足のまま目的地まで行けるのがありがたかった。一階の一番広い部屋が吹奏楽部の本拠地と聞いている。引き戸の前でまた少しおっかなくなるが、ミノが話を通してくれているはずと信じてノックする。生徒手帳を手に握る。

引き戸がゆっくり、細めに開いた。隙間から知らない女の子が顔をのぞかせ、！をそのまま発音したらこうであろうという音声をか細く発して目を見開いた。僕は生徒手帳を顔写真がよく見えるように掲げ、用件を告げた。女の子は無言で、なぜか逃げるように部室の中に消えた。

とんとんとん、と足音が近づいてきて、靴を履く音が聞こえた。引き戸がなかなか開かずがたがたごっとんと跳ね回った。こういうところは市立も共通である。外からちょっと手を貸して開けようとすると今度はすごい勢いですぱあんとスライドし、泡を食った様子で女の子が転がり出てきた。ぶつかった。躱《かわ》すほどの反射神経はない。せいぜい恰好良く抱き止めて「おっと危ない。大丈夫ですかお嬢さん？」的な台詞《せりふ》を言ってみようかという考えが一瞬頭をかすめたが、僕の斜め上に常駐するもう一人の僕が「似合いませぬ」と忠言したのでふんばって受け止めるだけにとどめた。

それでも女の子の方は相当慌てたらしく、すいません、と無声音で言って素早く離れた。耳まで赤くなっている。僕も照れた。古い建物には妖怪ラヴコメが潜んでいて、時折人間の前に現れて悪戯《いたずら》をする。別に害はないので見て見ぬふりをしておくのが無難である。

彼女は真っ赤になって下を向いたまま、両手でケーブルを抱え上げて差し出した。「あの……これ、どうぞ」

それは「電源ケーブル」であって、渡すのに照れるようなものではないと思う。礼を言って受け取ると、彼女はやはり下を向いたまま言った。「私、一年の椿《つばき》といいます。パーカッションです」

自己紹介された。「あ、どうも葉山です。昨日裏方で」中途半端に応じたが、椿さんは激しく頷きながら「はいっ。知ってます」とかすれた声で答えた。

それから早口で言う。「あの、千尋、今日はもう帰りました。せっかく会いに来てくれたのに、すいません」

「いえっ、別に、会いに、というのでは、忘れものを」今度は僕が泡を食った。ミノは一体、先方にどういう伝え方をしたのか。

椿さんは依然として下を向いたままであり、しかも耳が赤い。「すいません。あの、最初は千尋が渡すつもりだったんです」

電源ケーブルごときに対し、誰が渡すかまで問題にされることはあまりないと思う。しかしそのあたりは圧倒的にどうでもよく、気になるのはこちらだった。「……渡会に何か、あったんですか？」

椿さんは沈黙した。それから「……何もありません。本当です」あったのか。

「病気か何かですか？　身内に何か、それとも……」いずれにしろ僕が聞いてどうにかなるものではない。しかし聞かずには帰れない。

「いいえ、そういうのじゃないです。その、……」そこでまた黙ってしまう。相変わらず顔を赤くしたままだ。しばらく待ってみると、椿さんはちらりと上目遣いで僕を窺い、目が合った途端にまた目を伏せた。それきり下を向いたままになってしまう。僕は気が気でなかった。一体何があった。言えないような重大事なのだろうか。問い質《ただ》したいが、彼女にそれをやると物陰に逃げてしまうような気がする。

しかし椿さんは唐突に、早口で「あの、それじゃ私これで。昨日はありがとうございました。今日もお疲れ様でした。また」とだけ言って、さっと頭を下げると部室に入ってしまった。ちょっと待った、と思ったが、なぜか今度は許せないくらいスムーズに引き戸が閉まった。

問い質さなくても逃げられた。……非常に困る。

独《ひと》り佇《たたず》む。今日は風が冷たい。

部室の戸は閉められてしまった。再びノックして開けてもらう勇気がどうしても湧かない。椿さんに尋ねても、たぶん逃げられる。

……渡会千尋に一体何があった？

病気か何かでないというのは分かった。僕に言えないような事情なのも分かった。だとすれば何か。……それは、つまり。

内部事情ということだ。僕は部外者なのだ。

所詮こんなものか、という幻滅がやはりあった。僕は踵《きびす》を返し、無表情に足を運ぶ。せっかくミノが応援してくれたというのに、会うことすらできなかった。「最初は千尋が渡すつもりだった」の一言がこたえた。彼女に何が起こったのかは不明だが、僕に会うのをやめて彼女は帰ってしまった。つまり僕は彼女にとって、その程度の存在だったわけだ。

……分かってはいた。そりゃそうだろう。別に落ち込むようなことではない。

変な期待などするものではない。小学生の頃だって、僕は物陰からこっそり見ていただけなのだ。そんなに旨い話がむこうから転がってきてくれるはずがない。

自嘲《じちよう》交じりに溜め息をつき、部室を振り返る。

と、部室棟の方から一人、生徒が走ってきた。目標が僕だと気づいて反射的に逃げたくなったが踏みとどまった。相手は虎や関取ではない。女子高生である。加えて随分小柄で華奢《きやしや》な人のようで、突進されても怖くはなかった。見覚えのある顔だった。

その人は僕の前まで来て、少し息を荒くして立ち止まった。僕を見上げて体格に似合わぬ低音で訊く。「あの、葉山君ですよね？」

「はい」

自分を指さして名乗った。「私、演出の康永《やすなが》です」

「あっ」思い出した。「昨日はどうも」

「はい。あの葉山君、ちょっとその、話を」康永さんは喉《のど》の奥でしばらく言葉をこね回した後、言った。「話があります。最寄りの喫茶店まで御同行願えませんか？」

取調べか？　と一瞬だけ思った。

康永さんと二人、愛心学園の裏手の喫茶店に移動した。裏門のすぐ前という立地からして明らかに同学園の生徒をターゲットにしたと分かる店であり「keynote」なる名前からして吹奏楽部をターゲットにしたのではないかと疑える店なので、敵の本拠地に踏み込むような気がして入る時は少し気が引けた。しかし森の中のようにほの暗い店内には聞こえるか聞こえないかぐらいの音量でピアノ曲が流れており、内装も落ち着いた色彩で、つっこんだ話もし易いようになっている。いかにも溜まり場といった感じの店であり、どうもこの二人だけでやっているらしいマスター御夫婦の笑顔から、高校生の客を歓迎しているのが感じられた。なるほどこの店ならいくら粘ったところで嫌な顔をされることもなさそうで、話すにはもってこいだ。実際、愛心学園の生徒が二人おり、奥のテーブルでかなり熱心に話し込んでいる様子だった。先客はその二人だけだった。

康永さんは向かいあってしばらくは黙っていた。何か厳しい表情をして、どう切りだすべきか悩んでいる様子だった。僕から切りだそうかとも思ったが用件が分からない。そうこうしているうちに奥さんがコーヒーを持ってやってきた。

康永さんは甘党らしく、砂糖を三杯入れた。少しだけ口をつけてソーサーに戻す。視線が落ち着いていないから、何か重大な話らしいことは予想がついた。

「三野君から聞いたんだけど、葉山君、千尋と同じ学校だったんですよね?」

一つ下だが他校の生徒という僕の扱いを決めかねているらしく、康永さんは敬語タメ口交じりの変な口調で切りだした。

「はい。小学生の時は」

「好きだったんだよね？」

僕は椅子に座ったまま後方に五、六メートルほど吹っ飛んだ。ミノ。バラすな。

僕が黙っていると、康永さんはさらに質問を重ねてきた。

「今日、千尋に会いに来たんでしょう？」

「いえ、忘れものを」

「でも昨日は少なくとも、千尋に会いたかったんだよね？」

やっぱり取調べじゃないか。すっとぼけてみようかとも思ったが、どうせミノから話を聞いているに決まっているので僕は「一応」と言って頷いた。一体この人はどういうつもりなのだろう。それを訊きたいがどう尋ねるべきかよく分からない。僕が考え始めると、康永さんは鞄をごそごそと捜して一枚の写真をテーブルに出した。「これ」

光沢《こうたく》の眩しいカラー写真である。B5判に近い大きさをしており相当引き伸ばされたものと思えるが、画素が密であるらしく見にくくはなかった。仲の良さそうなカップルを斜め後ろから撮った写真だ。左側と下の部分が隠れているのは、撮影者の目の前に街路樹の枝があったためらしい。写真の二人は腕を組んで、というより女性の方が男性の腕をがっちりとつかまえて歩いている。男性の手にはどこかの店の大きな袋がいくつか下がっている。手前に写った木の枝の陰になっていてどこの店の袋なのかは分からなかったが、男性の肩の下がりようからしてかなり重い荷物であるらしかった。二人の左後ろから撮影したようだが、たまたま女性が左を歩く男性に笑顔を向けているので、横顔が見えた。男性の方もわずかに左を向いており、斜め後ろからの顔かたちが分かる。足先までは写っていないが二人ともすらりとしており、この角度から見る限り面《おも》ざしも美しい。着ているものや身長差などを見ても、ドラマに出てくる理想のカップルをコピーしたような印象だった。しかし。

男性の顔に見覚えがあった。「これ……東さんですか？」

康永さんはそれには答えず、鞄から紙を一枚出し、折れ曲がっているのに気付いて両手で皺《しわ》を伸ばした。「これ」

大きめのポイントで印字された、ゴシック体の文章だった。

東雅彦は嘘つきで女たらしです。
東雅彦は二月一日、こんなことをしていました。
お似合いの人と腕を組んで歩いていました。
楽しそうに歩いていました。
皆さんは騙されています。
気を付けましょう。

「これは……」何だ。「何ですか？」

「今朝、部長たちが部室を開けたときに見つけたそうです。誰が貼ったのか分からない」

こういうものを何というのだろうか。「脅迫状」ではない。怪文書。告発文書。

僕は迂闊《うかつ》にも、これがどうしたのか、と尋ねそうになった。もちろん「どうしたのか」どころの話ではない。愛心学園のみなさんの、昨日の様子からすれば。

「騒ぎになりませんでしたか」

「なったの」康永さんは僕を睨みつけるように見て答える。「ショックを受けた感じの子もいたけど、大半はブーイングでした。この犯人に対する。それで、犯人捜しが始まりました」

まさか、と思った。しかしこの状況からすれば、先の展開はすでに明らかだ。

「……まさか、渡会千尋が？」

「私、嘘だと思うの」

「えっ」

「あ、ごめん。……ええと、まず、今日はずっと犯人捜しが盛り上がってました。中にはけっこう、なんていうか本気で捜す子もいて、なんていうか、殺気立ったみたいな感じで」

「それはつまり、東さんに対する中傷とか、そういうふうに受け取って？」

「うん。この文章、東さんに恨みがある人が書いたように見えませんか？」

僕は文面に目を落とす。――「東雅彦《まさひこ》は嘘つきで女たらしです」「楽しそうに歩いていました」――

「……確かに」ことの真偽に関係なく、東さんのファンなら怒るかもしれない。

「それで、あいつがやったんじゃないか、っていういろんな説が出てきて……なんていうか、雰囲気が凄く悪くなりました」康永さんは僕を見る。やはり睨みつけるような目つきだが、どうもこれは睨んでいるわけではなく、真剣になった時はこういう表情になってしまうようだ。

「私は横で聞いていただけですけど、午後くらいになってだんだん、犯人はあいつじゃないか、っていう感じになってきました。名前は言いません。要するに目立たない子です」

うっ、と思わず顔をしかめてしまった。弱そうな人、集団から外れている人。何か都合の悪いことが起こると、しばしばそういう人が根拠なく犯人扱いされる。そうすれば集団内の人は安全で、和が壊れることもないからだ。要するに集団の暴力というやつである。

「そうしたら、千尋が自首しました。私がやりました、って」

一瞬、思考が停止した。しかしすぐに気付く。「それはつまり」

「身代わりです。たぶん絶対そうです。前にも似たようなことがあって、そういうの許せません、って言ってたから」

「だとすると……」集団内でそういう目立ったことをするのがどれほど危ないことか、それくらいは僕にも分かる。「……渡会、まずくないですか。立場的に」

康永さんは深く頷いた。「……彼女、やめちゃうかもしれない」

首のあたりに、締めつけられるような息苦しさを感じた。

「……どうして、そこまで」

「そういう子なんです。……葉山君、びっくりした?」

「少し。あ、でもむしろ、惚れ直し……」あっ、言っちまった、と思ったがもう遅い。「……ました、というか」

「それじゃあ葉山君」康永さんが視線でぐいぐい押してくる。「千尋の味方?」

「それはもう」

「よかった」康永さんはようやく力を抜いた。コーヒーにまた砂糖を入れ、少し目許を緩めた。

「今日、三野君の忘れもののことで彼に電話したんだけど、その時にこのこと、話したの。東さんの他の彼女に心当たりはないかと思って。三野君もそれは知らないって言ってたけど……あなたのことを紹介してくれました。あいつは名探偵だから役に立つ、って」

「名探偵……」

康永さんはまた僕の目を見た。「先月あなたの学校で起きた事件、あなたが解決した、って聞きました」

「それは……」

それは事実と違う。確かに僕はあの事件の解決に駆け回りはした。だが解決そのものには何の役にも立たなかった。解決したのは、文芸部の伊神《いがみ》さんである。僕はあの人の指示に従って駆け回ったに過ぎない。

「私一人ではどうしていいか分からないの」

しかし康永さんは、僕にぴたりと視線を据えている。テーブルの上で手を組んで、こころもち身を乗り出した。

「……葉山君、千尋を助けてくれませんか」

いや、そう言われても、という情けない台詞が出そうになる。先月の事件を解決したのは僕ではないし、渡会千尋を助けるといっても、そもそもどうしていいのか分からない。

だが、ここを逃したら次はない。喜んではいけないのだが、彼女と個人的に関わるチャンスではある。そしてこういうチャンスがむこうから転がり込んできてくれることなど、二度も期待できない。ミノに申し訳も立たない。それに。

……そもそも、ここで逃げたら男じゃない。僕は頷いた。

電話で何を話したのか分からないが、僕への働きかけといい康永さんへの仲人口《なこうどぐち》といい、どうやらミノは、最初からこうするつもりだったらしい。

……あの野郎。憎い真似をしおって。帰ったら礼を言わねば。

そしてミノが……おそらく康永さんも期待するのは。

「……犯人を見つけるんですか」

康永さんは頷く。「千尋はもう、なんていうか石のようでして。説得できません」

おそらくそうだろうと思う。そして。

伊神さんから「悪魔の証明」の話を聞いたことがある。森村誠一の本っぽいがそうではなく論理学か何かの話で、ある事実の「存在」を証明するのはたやすくても、「不存在」を証明するのは極めて困難である、という法則のことだ。つまり今回の場合、渡会千尋が「怪文書を貼っていない」ことを証明するためには、彼女のアリバイを仔細漏らさずに証明しなければならない。彼女は打ち上げにも出ていないし家に帰ってからのことは分からないからそれは無理だ。

一方、他の誰かがやったという証拠を見つけることは、可能か不可能かで考えればまだ可能と言いうる。

……しかし、本当にできるのだろうか？

とにかく、まずすべきは情報収集だった。容疑者を絞らねばならない。

「何かその、東さんに恨みとか、あるような人はいませんか？」

僕は康永さんに訊いてみた。康永さんは首を振った。「知りません。……いるのかもしれないけど、細かい事情は分かりようがないし」

確かにその通りだ。恨みなどというものは通常、他人には見せないものであるし。

腕を組んで考えてみる。「東さんに彼女がいる」という内容の怪文書を貼る理由とは？

・その一。東さんに対して個人的に恨みがある。またはあの人が気に入らない。そこで、昨日大いに盛り上がったであろう東さんのモテっぷりに水をさそうとした。

・その二。個人的には確執はない。だが東さんに彼女がいることを知っており、他の東ファンが騙されていると思って、それを阻止しようとした。

………………。

そこまで考えて悩んでしまう。これでは、誰でも犯人になりうることになってしまう。

……なるほど、動機から容疑者を絞るには、この事件は「軽すぎる」のだ。

ドラマなんかではよく刑事が、まず動機のある人間を探す。しかしそれは、ことが殺人事件だからだ。殺されるべき理由なるものが現実に存在するのかどうかはよく分からないが、とにかく人が人を殺すにはよほどの強い動機が必要である。だから、殺人事件の場合は容疑者を「動機のある人間」に絞れる。しかしこの事件は、ただ単に「東さんに彼女がいることをすっぱ抜いた」に過ぎない。週刊誌などが常日頃堂々とやっていることと同じであり、実行するのに強い動機が必要なほど「悪いこと」と思われてはいないのだ。今回のようなケースなら尚更だ。

「……参りましたね。全員が全員、やるかもしれないということになると……」

康永さんも頷く。「……確かに。ファンの子だとしても、東さんが彼女と歩いてるの見ちゃったら、やるかも」

いきなり行き詰まった。しかし。

「……あのう、渡会が名乗り出たとして、みんなすんなりと信じたんですか？」

ちょっと不自然ではないのか。真犯人なら、犯人捜しが盛り上がったところで名乗り出る理由がない。そのくらいのことは誰でも考えるはずだ。

しかし康永さんは頷く。「彼女、『東さんには興味がない』って公言してるから。きっと昔振られたか何かで、今回はその腹いせでやった、って思われてるみたいなんです」

「それだけで？」

「いいえ、あと昨日、打ち上げに出なかったから」

打ち上げに。「……つまり、アリバイのことですか？　でも、打ち上げが終わってから部室に入ればいいわけで」

「それ、無理なの」康永さんは舌が乾いたらしく、コーヒーをまた一口啜《すす》った。それからまた砂糖を入れた。五杯目ですよそれ。「昨日の打ち上げの時、部長が一旦席を外したの、覚えてる？　後で聞いたんだけど、部室の鍵を講堂に忘れて、ついでにかけ忘れたのにも気付いて閉めに行ったらしいの。その時にもう貼ってあったのかもしれないけど、少なくとも今朝まで鍵はちゃんとかかってたし、打ち上げに行く前はみんなが出入りしてたし」

「ちょっと待ってください。それじゃあ、まさか……」部長さんが犯人なのではないか。僕は言いかけてやめたが、康永さんはその先を察したらしく、眉間に皺を寄せた。「もしかして部長？」

「あ、いや、もちろんそうとは限りません」僕は慌てて否定した。伊神さんが見ていたら強烈なつっこみが来ていたと思う。「別に部長さんでなくても、部長さんが部室に戻る前なら誰でも犯行可能ですから。……打ち上げの最中にいなくなった人とか、打ち上げに来なかった人とか」

「あんまりいないよね。覚えてないけど」

タメ口でいくことに決めたらしい康永さんが、表情を険しくして思案する。「……あゆちゃんはいなかったけど、あの子は東さんと一緒だったし」

「……え？」

「あ、石井あゆみ。あの子が東さんの彼女なの」

「……そうだったんですか」

ミノ残念。彼女を気に入っていた様子だったが。

不意に、僕の脳裏に「あれ?」の文字が現れパチンコ屋の看板のように点滅した。

石井さんが東さんの彼女。だとすると、何かが引っかかる。しかし、どこがどう「あれ?」なのか、整理がつかなかった。

僕が「あれ?」を追いかけている間、必死で記憶を手繰《たぐ》っていた様子の康永さんが、大きく息を吐いた。「……ごめん。思い出せない。いなかったのはあゆちゃんと、それから……」

そういえば渡会千尋もいなかったと思い出してしまい、その拍子に「あれ?」にも逃げられてしまった。

しかし、とにかく方針は決まった。まずは、打ち上げに出なかった人、中座した人が誰なのかを洗い出すことだ。僕はミノと柳瀬さんに、康永さんは他の部員にそれぞれ訊いてみるということにして、その日は別れた。後で聞いたことだが、マスター御夫婦は僕が置き忘れた「電源ケーブル」の扱いにはなはだ困ったらしい。

翌日。ケーブルを「keynote」に置き忘れたことに気付いた僕は、放課後を待って再び回収に行った(忘れたことをミノに話したら爆笑された)。ついでにそこで康永さんと会うことにした。マスターは僕を見るとケーブルを出してきて、帰る時にお渡ししますと笑いながら言っ

た。昨日より少し混んでいたが、席はあった。康永さんがチャイなるものを頼んだので僕も真
似をしたが、そのあまりの甘さに太刀打ちできず、五分の一程度しか飲めずにカップを持て余
すことになった。
康永さんと二人、打ち上げに出なかった人をリストアップする。
いなかったのは、まず東さんと石井さん。それに昨日会った椿さんという一年生。あとは結
局、渡会千尋と中座した部長さんだけだった。
容疑者は五名。しかしあまり思わしくない結果であった。東さんはもとより、石井さんもい
わば当事者で、ちょっと考えにくい。椿さんにしても、客席に来ていた彼氏さんと一緒に消え
たらしいとあっては可能性は低い。彼氏がいたこと自体に僕は驚いたがそれは今のところどう
でもいい。そんなに仲のいい彼氏のいる人が、東さんの行状に興味を示すだろうか。
では、部長さんが犯人なのか。これも少し、考えにくい。部長さんが犯人なら、なぜわざわ
ざこんなタイミングで怪文書を貼ったのか。部室は夜間以外、大抵は鍵が開いているそうだか
ら、その時にこっそり貼りに行けばいい。わざわざ、本来なら鍵がかかっている時間帯を選ぶ
ことはない。
康永さんと向かいあい、二人してチャイを啜る。極めて甘いが康永さんは平気なようだ。
「……となると、逆に……」
どちらともなく漏らす。……やはり、一番怪しいのは渡会千尋、ということになってしまう。
まさか本当に彼女なのだろうか？

一瞬、諦めの気持ちが後頭部にひっついた。しかし僕は頭を振ってそれを振り払う。まだ、彼女が犯人と決まったわけではない。例えば。

……そう、例えば、部長さんということもありうる。犯人だからといって何も合理的に動く必要はないのだ。怪文書はすでに携帯していて、たまたま一昨日、部室に戻った時に貼ってやろうと思いついただけかもしれない。

さらによく考えれば、石井さんということもありうるのだ。例えば、東さんに吹奏楽部の誰かが接近しているのを知り、それを遠ざけようと考えたとか。椿さんにしたって、東さんと何があったか分からないではないか。

そうしてみると、確かにまだ諦めるわけにはいかない。こういうことを考えるのはどうも他人を勝手に悪人扱いしているようで落ち着かないが、それも仕方がない。

では、このうちの誰なのか。

そこでまた詰まってしまう。康永さんから怪文書を見せてもらったが、なにしろ活字だから筆跡も何も分からない。犯人像を特定するには文章が短すぎる。紙だってどこにでもあるプリンタ用紙だ。指紋を採るわけにもいかないし、そもそも相当数の部員がすでに触っているだろう。

写真の方を見る。情報量ならこちらの方が多いはずだ。

カップルの男性の方が東さんであることは、どうやら間違いがなさそうだ。一方、女性の方はどこの人なのか分からない。東さんとの身長差を考えると百七十センチ近い長身ということになる。目立ちそうな人だから身近にいれば認識されているだろうが、康永さんは、こういう人は愛心学園では見たことがないと答えた。市立にいただろうか？　それも覚えがない。

女性の顔をじっと見ていて、少し感じたことがあった。この人は、僕の知っている誰かに似ているのだ。思い出そうと首をひねり、甘さに構わずチャイも飲んでみる。しかし、誰に似ているのか一向に思い出せなかった。気のせいかもしれないと思い、考えるのをやめた。

背景に注意を移す。写し手に近い側から順に見る。葉の落ちた街路樹の幹と枝があり、二車線の道路を挟んで植え込みがあり、そのむこうをカップルが歩いている。カップルの背後はビル街である。しかし、分かるのはそれだけだ。写っているビルはピントが合っていない上に街路樹の枝が邪魔して特徴が摑めない。辛うじて分かるのは壁面の色（ただしオーソドックスなグレー）と、どうやら一階にローソンの店舗が入っているらしいということだけだった。看板の一つでも写っていたら場所の特定もできたのだろうが、あいにくそういったものはなかった。手前の街路樹にしても、むこう側の植え込みにしても、種類や枝ぶりは分からない。場所の特定は困難だった。

対して、日時の特定はできた。東さんの髪型からして撮ったのは最近だと分かるし、地面が濡れていることからして雨の降った後であると分かる。影の長さからして昼過ぎだろうか。康永さんにも確認したが、二月一日は確かに天気が悪かった。怪文書の日付は真実であるようだ。

だが、その日は休日。コンサート前だから個人練習のため学校に顔を出している人も多いだろうが、部員のアリバイを確認するのは無理である。

……やはり、これだけではどうにもならないのか。だいたい、犯人を推定するだけでは足りないのだ。証拠を摑まなければならない。諦めの気持ちがまた芽生えかけた。しかし、

「……難しいね。無理、かもしれない」

康永さんが先にそう言ってくれたお陰で、逆に闘志が湧いた。

「諦めるにはまだ早いです」僕は顔を上げる。「例えば……そう、この女性が誰なのか、東さんから訊き出せるかもしれません。もしかしたら二月一日、どこにいたかも教えてくれるかもしれないし。そうすれば、女性の方の関係から動機のありそうな人が分かるかもしれないし……」

康永さんも顔を上げた。「さすが、名探偵」

それは違う。だが、訂正しない方がいい気がした。僕が名探偵だというなら、犯人が分かるまで諦めるわけにはいかなくなるからだ。


康永さんと別れ、ケーブルをぶら下げて市立に戻る。写真を見せて東さんに当たるつもりだったが、正直なところ、東さんがとぼけた場合に訊き出せる自信はなかった。東さんはあれでなかなか演技がうまいし、怒らせるとおっかない。本物の「名探偵」たる伊神さんなら脅すなり騙すなりでいくらでも訊き出せるのだろうが、頼るわけにはいかなかった。あの人は三年生。只今、受験真っ最中なのである。

東さんに会う前にケーブルを返さねばならない。演劇部が練習に使っている視聴覚教室のド

アを開けると、僕の姿をみとめた柳瀬さんが笑顔で立ち上がった。「おっ、いいとこに来た。葉山くん、メリーバレンタイン！」

柳瀬さんはそう言って鞄を探り、四角い包みを渡してくれた。「ちょっと早いけど、中身が腐るといけないから」

いきなりのことでかなり照れた。しかしすぐに不審に思った。……「中身が腐る」とはどういうことだ？　チョコレートって腐るものだっただろうか。

柳瀬さんはがしっ、と僕の手を握り、期待に満ちた表情で僕を見る。「開けてみて」

なぜか演劇部のみなさんも、期待に満ちた目で僕を見ている。これは何かあるなと思ったが、包みの中から出てきたのは普通のハート形チョコレートである。ただし表面に大きく「1」から「4」まで番号が刻んである。

「……柳瀬さん。この番号は……」嫌な予感がした。

「『リアクション芸人養成チョコ』。四つのうち三つはハズレで、私の愛が詰まってます」

「割合が大きすぎませんか」さっき「腐る」と言っていたのは、この愛の部分らしい。

「一口でガブリといってね。それと食べる時、何番入ります、ってちゃんと言うように」

ご無体な。

「いけ葉山。リアクション期待してるぞ」

二年の江澤《えざわ》先輩が情け容赦なく僕を急《せ》かす。彼もチョコレートを持っていた。見回すと、演劇部の男子部員は皆ハート形のチョコレートを持っている。配ったのか、と思ったら、柳瀬さんが付け加えた。「みんなのは義理だから普通のにしたの。愛が詰まってるのは葉山くんのだけだからね」僕も普通のがよかった。

柳瀬さんは男子部員の間を巡回し始めた。「はいはい義理の人は一人三百円ね。ほら払った払った」

……金、取るんですか。

どれを取るか選びかね、しばし手の中のチョコを眺める。考えてみれば、バレンタインにチョコをもらったのは生まれて初めてだ。母や妹からすらもらったことがなかった。初めてもらったチョコが「リアクション芸人養成チョコ」というのはなんというか極めてあれだが、まあ、いい。もらったことがないよりは。さよう。東《あずか》さんなんかはもらうのが当然と思っているだろうが、バレンタインにチョコをもらう光栄に与れる男はもともとごく一部なのである。

そこまで考えて、ふっと閃《ひらめ》いたことがあった。

……東さんは、部長さんにチョコをもらっていた。だとすると。

「柳瀬さん」

「ん？」

金がない、ツケにしてくれと懇願する江澤先輩に対し、本当かよジャンプしてみろよとカツアゲとしか思えない台詞を言う柳瀬さんに歩み寄る。「一つ質問が」

「何？」

「例えば、ですが。……彼女がいると分かっている人にチョコを贈ったら、人間関係はどうな

ります か」

「友達の彼氏に、ってこと?」

「はい」

「本命の、ってこと?」

「そうです」

「うーん……」柳瀬さんは少し首をかしげ、それから笑顔で言った。「殺しあいだね」

「殺しあいですか」

「そりゃもう」柳瀬さんは笑顔で頷く。「親しければ親しいほど凄惨な殺しあいになるよ。同じ部活とかだったら最悪。だってさ、考えてごらん。もし江澤が私にチョコ贈ったら、葉山くんどう思う?」

つっこむべき部分がいくつかある気がしたが、とりあえずそれどころではなかった。僕は昨日とり逃がした「あれ?」をようやく捕まえた。

石井さんに会わなければならない。柳瀬さんに礼を言って視聴覚室を出ようとしたが、僕は「こら」と言われ腕を摑まれた。「リアクションはどうしたの」

もはやそういう気分ではない。しかし、このチョコのおかげで思いついたのも確か。……僕は手の中のチョコと期待に満ちた表情で僕を見つめる柳瀬さんを見比べ、それから、口を一杯に開けて四つのチョコを一度に口に入れた。部室から歓声と拍手が聞こえた。

チョコの味については語りたくない。とりあえず、柳瀬さんの愛はなかなか嚙み切れなかった、ということが一つ。

　それと、とりあえずホワイトデーには、僕なりの愛をたくさんまぶしたクッキーでも焼いてみようと思ったのが、もう一つだ。


　石井さんにどうやってアポをとろうかと思ったが、僕は直接、愛心学園に行くことにした。康永さんに頼んでもいいのだが、彼女はただでさえ昨日、打ち上げに出ていない人を確認するという探偵行為をしてしまっている。この上さらに何かやらせたら、あいつは一体何をしているのかと疑われてしまうだろう。

　前回あれほど怖かった女子校の門も吹奏楽部の部室も、今度は怖くなかった。調査という大義名分ができたからかもしれない。部室、講堂と回って石井さんを見つけ、お話がありますと適当に言って例の喫茶店に御同行願う。いきなり訪ねてきた僕を見て石井さんはきょとんとしていたが、すぐに笑顔で応じてくれた。

　昨日の今日であり先刻のこともあり、こいつは愛心学園とどういう関係なのだと好奇の目で見られてしかるべき僕を平常通りの笑顔で迎えてくれたマスターに感謝し、マイルドブレンドとベイクドチーズケーキを注文する。石井さんもリラックスした様子で、モカブレンドの他にラムココなる甘そうな何かを、メニューを見ずに注文した。

「葉山さん、今日は何のお話ですか?」

　どことなく「今日はどうしましたか」と尋ねる医者のような雰囲気で、石井さんの方から尋ねてきた。あらためて見るとやはり外見は猫っぽいが、物腰は落ち着いた人である。

「お伺いしたいことがいくつかございまして」相手の口調に合わせてどうしても敬語になってしまう。「東さんのことですが」

「はい?」

「ええと石井さん、その、東さんの彼女ですよね」

石井さんはやや驚いた様子で、大きな目をさらに見開く。「そうです。……ご存じでしたか」

僕はちょっと尻を引いて座り直し、テーブルの上で両手を組んで体勢を作った。あまり訊き易くないことを訊かねばならない。

「単刀直入にお尋ねしますが、そのことを誰かに話されましたか? つまり、吹奏楽部の中で、あなたと東さんがつきあっていることを知っているのは誰と誰ですか」

石井さんは僕の目を覗き込み、そのまま思案する表情になった。彼女の内心はだいたい分かる。疑問と不審、警戒と逡巡、それに少しの好奇心。目の前の男に保有情報を分け与えることで、誰かがまずい立場にならないかどうかを検討しているのだ。したがってここで目をそらしてはならなかった。僕は日本人であって、他人の目を見続けるのには相応に恥ずかしさを感じるのだが。

その頑張りが効を奏したのか、石井さんは落ち着いて話してくれた。

「部の友達にはあまり教えていません。東さん、もてるから……黙っているのもいけないんですけど、発表するのも怖いんです。ヒナと千尋、それに美都《みと》……椿美都には話しました。あとは、一昨日演出をしていた康永先輩という人です。でも、それだけです」

「当然、『ここだけの話』として……ですよね」

石井さんは強く頷いた。「みんな、そういえば本当に『ここだけ』にしてくれます」

僕はふうむと唸って腕を組む。石井さんも緊張を解く。まるでそれを見計らったかのように
マスターの奥さんがコーヒーカップを置いて、去った。

湯気をたてるモカブレンドを何度も吹き冷ましたのちブラックで口にし、それでもまだ熱かったと見えてすぐに口を離してまた吹き始めながら石井さんは呟いた。「いいなあ千尋」

今「いいにゃー」って言った。絶対言った。しかしそれはどうでもいい。

「渡会は……」

「葉山さん、写真とか貼った犯人を捜しているんですよね？」

読まれていた。いずれ明かさねばと思ってはいたが。僕は頷く。「すいません。それを先に言うべきでしたね」

音をたてずにカップを置き、石井さんは上目遣いで僕を見る。「千尋のため……ですよね？」

隠してもしょうがない。頷いた。

石井さんはなぜかはにかんだ。「少し羨ましいです。幼馴染の男の子が、ピンチに駆けつけてくれるなんて。白馬の騎士です」

馬に乗った経験は「マザー牧場」の乗馬体験しかない。別に幼馴染ではないし、そもそも僕はそんな恰好いい人間ではない。だがしかし、心情的にはそれに類するものかもしれない。そ

う思うとちょっと気分が高揚した。まあ、ミノが白馬ということになるけど。

石井さんはにこっと笑った。「羨ましいので、お答えできることはお答えします。私も白馬の役くらいやりたいです」

いえどちらかというとあなたは猫、と思うが口には出せない。「では、もう遠慮なく伺ってしまうことにします。二月一日……先週の日曜日なのですが」

石井さんはぴょこんと座り直した。「はい。どうぞ」

「あの日、何かありましたか？　部で。あるいは東さんに」

石井さんは首を振った。「いいえ。普通の休みでした」

「東さんとは会いましたか？」

石井さんはまた首を振った。

「東さんがどこにいるのかは？」

また首を振った。

あまり首を振らせすぎると頸椎《けいつい》に損傷を与えかねない。僕は質問を一旦止めた。間が空き、いつの間にか運ばれてきていたベイクドチーズケーキとラムココなる何がしかにそれぞれフォークを入れる。

石井さんはやや俯《うつむ》き加減で言った。「……東さん、あまり質問には答えてくれないです。あの日は私、『予定があるの？』って訊きました。頷いただけで、何があるのかは教えてくれませんでした。話したくないことはいつも話してくれませんが、いつもよりさらに話したくなさそうでした」

なんとなく、ミノよろしく「もったいねぇー」と言いたくなる。東さん、せっかくの可愛い彼女、大事にしないと。

しかしとりあえず、それは僕には関係ない。僕はさらに質問を加えた。

「石井さんは、その日はどうしてました？」

石井さんの表情が少し変わった。これまでなんとなく柔らかかったのが、完全な無表情になったような気がする。

「……のんびりしてました。もともと、先生がいないからその日は全体練習がなかったんですけど、学校に行って一人で吹いてました」

「なんだか寂しいですね」

「そうでもないです。けっこうみんな来てましたよ」

考えてみると、部員五名（うち幽霊部員四名）のわが美術部の方がよっぽど寂しい。

しかしそれよりも、この会話から分かったことの方が僕にとっては大事だ。石井さんは気付いているのだろうか？　とにかく部長さんは犯人から除外される。そして。

……場合によっては、さらに犯人が絞れる。

情報提供者への謝礼ということで勘定を持とうとしたら、石井さんはなぜか真剣な顔で勘定を別にすることを主張した。変なところで頑固であった。店を出るともうとっくに日が落ちている。駅で別れて、学校には戻らずにそのまま帰宅することにする。

夕食後、僕は自室で机に向かった。別に勉強をするわけではない。今日の収穫を整理する必要があった。

机の上に写真と怪文書を広げる。

今日得た情報を加えて考えると、とりあえず部長さんは容疑者から除外されることになりそうだった。怪文書の記述で、実は最初から少し、違和感を覚えていた部分があったのだ。


東雅彦は二月一日、こんなことをしていました。


この記述は少し奇妙だ。なぜ「二月一日」と特定しているのだろうか。

東さんに彼女がいることを暴露するだけなら、日付をわざわざ入れる必要はない。日付を入れてしまえば「怪文書を貼った犯人はこの日にいなかった人」ということになり、むしろ犯人にとって不利ですらある。そして石井さんによれば、この日、部に何かがあったわけではない。部員たちは学校に来たり来なかったりだっただろうが、普通に過ごしていた。つまり「二月一日」という特定は、大半の部員たちに対しては意味のない記述だったということになる。

にもかかわらず、犯人はリスク覚悟でこれを加えた。ということは要するに、あの怪文書は特定の誰かに宛てたものだったのだ。二月一日、という記述の意味の分かる誰かに。

そして、「特定の誰か」とは誰のことか。……当然、東さんの彼女である石井さんしかいない。つまりこの文書は、東さんに彼女がいることを東ファンに対して告発しているのではなく、東さんに別の彼女がいることを石井さんに対して告発するものだった。結果、犯人は、石井さんと東さんの関係を知っている人、ということになる。部長さんは二人の関係を知らなかった。そのことは石井さんの言葉を俟《ま》つまでもなく、コンサートの時の態度を見れば明らかである。

では、石井さんと東さんの関係を知っている犯人は、なぜ怪文書などを貼ったのか。

この点ははっきりしない。石井さんに直接言う、という方法もあったはずだ。ただ、そうすれば以後、石井さんとは相当気まずいことになりかねない。その他大勢の東ファン向けという建前で怪文書を貼れば、自分がやったとは知られずに、彼女に真実を伝えることができる。そういうメリットは、確かにある。

だが、何か……怪文書を貼るという方法を選択したことには、何かもっと、感情的な理由がある気がする。おそらくは告発そのものの動機と不可分の何かが。

告発の動機は何だろう。東さんに「騙されている」石井さんを気遣って？　それとも逆に、石井さんに嫉妬してだろうか？　女の子のこうした心理は、ちょっと僕では分からない。

……では、犯人は誰だろう。

部長さんが除外されたことで、第一の容疑者は椿さんに絞られた。だが一応、石井さん自身も条件を充たしている以上、除外するわけにはいかない。

……では、この二人のうちのどちらだ。そして、その証拠を見つけるにはどうすればいいか。考えた末、まず僕は、夜分構わず東さんの携帯に電話をかけることにした。東さんには訊きたいことがたくさんあった。石井さんの他に彼女はいるのか。それを人に教えたことがあるのか。その彼女は何者か。二月一日、どこで何をしていたのか。

問題は、彼女の質問にすらまともに答えてくれない東さんが、はたしてまともに答えてくれるか、である。答えてくれたとしても、どの程度本当のことを教えてくれるのか。なにしろ自分の浮気についてのことなのだから、これはかなり望み薄ということになる。期待せずに訊いた。

期待しなかったのは正解だった。そう邪険に扱われたわけではない。しかし東さんは基本的に、僕の様々な質問を一文節以内で処理した。二月一日にどこに行っていたかと訊いたら「知らね」の一文節だったし、どこに行くかを誰かに言ったかと訊いたら「言うかよ」となぜか怒ったようだった。石井さんが彼女であることは認めたが、他にも彼女がいるのかを訊いたら返事は「は?」だった。返答はおそろしく無愛想だったが実はすべての質問に答えてくれているのが面白かった。収穫は少なかったが、ないとはいえない。一連のやりとりから、怪文書は、東さん自身も隠そうとしていた事実を暴露している、ということが分かったのだ。つまり犯人が東さんから直接、何か情報を得ていた可能性はゼロということらしい。

「やれやれ」

椅子に浅くかけ、背筋をだらっと伸ばしてもたれる。今日は疲れた。あっちに行ってこっちに行って、尋問に次ぐ尋問だ。なるほど刑事というのはタフな仕事である。

机の上の写真を手に取る。この場所がどこなのかが分かれば、まだやりようがあるのだが。

写真に車の一台も写っていれば、ナンバーから場所が絞れる場合もあるだろう。ビルの看板だの分かり易い標識だのがあればもっとありがたい。だが、街路樹に隠れて外観がはっきりしないビルにピントのぼけたローソンだけでは情報が少なすぎる。僕は喉の奥で唸る。

もちろん渡会千尋のことを考えれば、このくらいで諦めるわけにはいかない。それにもう一つ、犯人のことも考えれば尚更だ。

怪文書を貼った結果、東さんの彼女の存在は石井さんに伝わった。そこまでは犯人の意図した通りだろう。しかし、目立たない子が犯人扱いされることや、渡会千尋が自分の身代わりになることを犯人は予想していただろうか。していないだろう。とすれば犯人だって、今はきっと困っているだろう。困って、しかし言いだせないままでいるはずなのだ。

だから、このままにしてはいけないのだ。犯人が分かったところでどうすればいいかは僕にも分からないが、とにかく話をしてみなければ始まらない。だから、僕が簡単に諦めるわけにはいかない。僕は再び大脳に力を入れ直した。

……そうだ。例えば。

閃いた、というほどではない。しかし、確かめてみる価値はあった。パソコンを起動する。見るべきは、ローソンのホームページだ。

光ファイバーの発明に感謝を捧げながらページに目を走らせる。株式会社ローソン。おにぎりやポイントカードの説明はとりあえず措いておいて、クリックするのは「会社概要」だ。まず、ローソンの店舗がそもそもどれくらいあるのかを見てみようと思った。

しかし、出てきた数字を見て僕は途方に暮れる。株式会社ローソン。設立は一九七五年。社員数、三千人超。国内店舗数は八千店を超えていた。

多すぎる。いや、これは全国の数字だ。都道府県別で見れば。……しかし、東京都だけでも九百以上も店舗があった。地元県と合わせれば優に千を超える。店舗の外観写真でも載っていれば助かったのだが、八千件もそんなものを載せているわけがなかった。

ではどうする。一軒一軒、現地を回るのか。それは無理である。刑事が百人いれば一日で回れるかもしれない。僕は一人しかいない。百日かかる。そんな時間はない。

……いや、もしかしたらそうでもないかもしれない。僕は一つ思いついて、駄目でもともと、というつもりでマウスを操作してみた。

僕はガッツポーズをした。

これなら、現地に行かなくても絞れる。

Google社は世界征服がしたいのだろうか。いや、全世界に億万の利用者を持ち、これほどのネットワークを構築した現状に照らせば、すでに世界征服は完了しているといってもいい。「Google地図」で初めてこの機能を使った時の感想はそれだった。

「Googleストリートビューー」。Google社提供の、地図に付属する機能の一つ。目的の場所を入力してストリートビューーモードを選択すると、その場所を走る自動車の視点から見た画像が全視界で表示される。つまり、実際に現地を走ったら何がどう見えるかが、自宅にいながらにして見られるのである。利用できるのは大都市圏の画像に限られているが、生の町並みをそのまま見られるわけだから、これなら、実際に現地を回る必要もない。

車が通れるところなら、東京二十三区内に関してはほぼすべての道路の画像があるようだ。地元にしても、ビルが立ち並び一階にローソンが入るような市街地については、大部分の道路の画像があった。僕は感激しながらも少し呆れた。足で稼ぐ探偵の出番はもう終わり。これからは安楽椅子探偵《パソコンデスク・ディテクティヴ》の時代らしい。

問題の写真の町並みはピントが合っていない上に特徴が乏しい。加えて写真は反対側の歩道から撮影されたもので、車道上から撮影しているストリートビューとは視点がずれている。しかし、ビルのおおよその形や街路樹の様子から、それらしい候補を絞ることはできそうだ。慎重に判断して候補を大目に採っても、間違いなく百軒以下になるだろう。百軒なら回れる。土日だって用事がないわけではないし放課後早く帰らなければならない日もあるが、十日で回ってみせる。

もちろん、一千軒超の店舗をすべて検索するつもりはなかった。東さんがデートで足を運びうる範囲、ということなら、地元市内から東京までの線上に限られる。徒歩だから、駅からあまり離れていない範囲だ。都内でも同じことがいえる。写真からして買い物帰りのようだから、都心から離れた場所は除外していいだろう。例えば写真の彼女の家が多摩地域にあったとしても、休日なら新宿あたりまでは出てきそうなものだ。おそらくは山手線圏内、渋谷・原宿、あるいは青山とか、要するにあの辺だろう。可能性の高い地域にある店舗から探していって、写真と似ている数軒をリストアップして訪ねる。該当店舗がなかったら、次に可能性の高い地域を探せばいい。

地元から探し始めることにした。もし僕が東京で私服の東さんを見かけたとする。僕ははたしてそれを東さんと認識できるだろうか。「こんなことをしていました」という怪文書を添える自信があるか。やはり、他人の空似と思うのが自然だろう。まして東さんが、僕が知っている「彼女」とは別の人と腕を組んでいたら尚更だ。

ローソンの店舗案内を再び開き、狙った店舗の住所をストリートビューに入力する。東さんの家から近い順に探すことにし、写真と見比べながら一軒ずつ表示してゆく。ＪＲ穴川駅近くに一軒、あとは海辺の工業地域に一軒、郊外に向かう国道沿いに一軒。地元市内で候補に挙げられるのはこれだけだ。画像がない場所にも店舗が数軒あったが、これは地図の縮尺を最大にしてチェックすることで除外できた。隣の市には国道沿いの一軒しか疑わしい店舗はなかった。やはり少ない。

大量のデータのやりとりにがりがりと悲鳴をあげるパソコンを叱咤激励しつつ、三時間ほどマウスと格闘した。結局、地元から東京までの間、疑わしい店舗は十軒しかなかった。半分以上の店舗はストリートビューを使うまでもなく、周囲の地形や道幅などから、地図を見るだけで除外できた。この十軒を最初の目標にして、住所と地図を印刷する。地元の地図を出し、最短時間で回れる方法を検討する。駅前にあってくれれば電車でよいが、国道沿いだったりすると面倒だ。結局、市内の三軒をまず自転車で回ることにし、大まかなコースを地図に記した。

あとは電車とバスで、時間の許す限り回ることにした。

翌日は土曜だったので、僕は朝食をとるとすぐ、地図とデジカメを携帯して出かけた。移動時間はなるべく少なくするべきであり、僕は立ち漕ぎと信号無視を適度に織り交ぜて時間短縮をはかった。目的地に着いたらローソンの位置を基準に、写真と照合するのである。それらしければデジカメのファインダーを覗き、同じ構図で撮れるかどうかを確認する。

海辺の工業地域に位置する最初の一軒はビルの外観こそ似ていたが、ファインダーを覗いてみると街路樹の枝ぶりがどうしても一致しなかった。国道沿いに位置する二軒目は判断が難しかったが、どうも最近、舗装をし直したような様子である。ローソンの店員に尋ねたところ、二月一日の段階ではまさに工事中だったと分かった。不審に思ったらしく「それがどうかしましたか」と訊いてくる店員氏に「いえ、ちょっと」とそれこそ不審な反応を返しつつ逃げるように自転車にまたがり、僕は穴川駅近くの三軒目に向かった。回るコースの問題から最後になったが、東さんの家からはここが最も近い。ここが該当しなければ次は隣の市ということになり、確率はぐっと低くなる。できればここで的中してほしかった。

そして四十分後、その希望は叶えられた。

途中で少し道を間違えたりして迷いながらも、三軒目の店舗に辿り着く。目の前のビルとカラーコピーした写真を見比べると、外観は見事に一致していた。高鳴る胸を抑えて道の反対側に回る。ローソンを基準に位置取りをする。ぴったりの位置に街路樹があった。点字ブロックの上も構わず歩道に自転車を止める。持参のデジカメを出し、ファインダーを覗いた。突っ立ってファインダーを覗いたまま、僕は思わずガッツポーズをした。街路樹の枝越しに、問題の写真と全く同じ構図ができあがった。間違いなかった。

自転車にもたれかかり、変質者と思われぬようこみあげてくる笑いをこらえた。場合によっては何ヶ月でも費やす覚悟を決めていた。それが二時間で片付いてしまった。

予感がなかったわけではない。穴川駅から各駅停車に乗っても、東京までは一時間で行ける。休日に、地元でも都内でもない中途半端な駅で降りる必要はあまりない。だから僕は、地元でなければ都内だと踏んでいた。そして、都内で犯人と東さんカップルが偶然行きあう可能性が極めて低いとも。……二時間で見つかるとは思わなかったから、拍子抜けを通り越して脱力感を覚えた。しかしとにかく、これで犯人は絞り込める。

石井さんは知らなかったし、東さんも誰にも話していない、となれば、写真が撮られた二月一日、東さんがどこに行ったかをあらかじめ知っている者はいなかったはずだ。にもかかわらずこの日の東さんが激写されているということは、あの写真を撮った犯人は、東さんに偶然出くわしたということになる。デジカメを常時持ち歩いている人もけっこういるから、犯人はとっさに、持っていたカメラで背後から撮影したのだろう。そこで重要なのは、犯人もその日、偶然穴川駅前にいた、という点である。東京方面に住んでいる人が休日にわざわざ穴川くんだりまで来たりはしない。だから、穴川駅より東京寄りの駅が最寄り駅である人は容疑から外れる。

今度は会う必要すらない。僕は康永さんに電話をかけた。若干のためらいを脇に押しやって、部員の住所を教えてくれるように頼む。

「わかった。部員名簿作った時の原本がどこかにあったと思うから、五分後にまた電話して」

個人情報であるが、細かい番地まで必要なわけではない。康永さんは快く応じてくれた。五分間をじりじりと待つ。かけ直すのに再び勇気を出さなければならなかったが、もじもじしていたらむこうから電話が来た。

「メモ大丈夫？」

「はい」

「ええとね、穴川より東京寄りの人以外、だよね。……だけど、ほとんどいないよ。ウチ、東京方面の人の方が多いし」

唾《つば》を飲み込む。「お願いします」

「まず部長。それに千尋と八重樫日名子」

言葉が続いてくれるのを待った。しかし続かなかった。「……それで全部、ですか」

「うん。……ああ、私もだけど」

悪い予感が的中した。石井さんと椿さんは、二人とも除外されてしまった。

「……石井さんの住所はどうですか？　椿さんは」

状況をなんとなく察したらしく、康永さんの声が遠慮混じりになった。「あゆちゃんは東京だよ。椿ちゃんも県境だし。……まずかった？」

返事ができなかった。

……すべての条件に当てはまるのは、渡会千尋ただ一人。最悪の結果だった。

康永さんへの礼もそこそこに電話を切った。

人と話す気力が急速に失われた。徒労感がそのまま肉体的な疲労に変わり、頭がじいんと痺《しび》れてくる。

……最悪の、結果。僕はその場にへたりこみそうになるのをこらえた。

町並みをなんとなく見回した。冬のからりと乾いた空気を、走り抜ける車が少しだけ躍らせる。能天気な日本晴れの空から降り注ぐ純白の陽光がビルの窓ガラスに、沈黙するネオン看板の角に、路上駐車の車体にはじけて眩しく散乱する。街は明るい。僕の心は暗い。汗が冷えてきたらしく、背中に寒さを感じた。

……僕は何をやっているのか。

調べるだけ調べて、結局、彼女の容疑をより堅くしただけだった。白馬の騎士が聞いて呆れる。お姫様を自ら追い詰めてどうする。光り輝く町並みに向かい、虚ろに苦笑する。僕は名探偵ではない。そのことは、最初から分かっていたのではなかったか。それとも本物の名探偵である伊神さんなら、彼女の容疑を晴らすことができただろうか？

電話が鳴っている。康永さんが心配してかけてくれたようだ。どんな迷探偵でも依頼主に報告はしなければならない。僕は電話を取った。

「もしもし康永です。葉山君、さっきの話だけど……どうしたの？　まずいことになった？」

回答しなければならなかった。僕は名探偵ではありません、と。がっかりさせるだろうが仕方がない。能力が足りなかったのだ。

「葉山君……やっぱり千尋だったの？　それならそう言ってくれていいよ。別に、私は……」

「いえ、まだ分かりません」

考えるより先に言葉が出た。出てしまってから、何を言っているんだと思った。言葉が続かず、康永さんと二人、しばし沈黙する。

だが、僕は気付いた。なぜ「まだ分かりません」などと言ったのか。

僕は知っていたのだ。打つべき手はまだ残っていることを。

最後の手段、本当なら採らずに済ませたい最後の手段だった。康永さんに頼まれたのは僕だし、他人に言いふらしてよい性質のことではない。何より、誰にも頼らず自分の力で渡会千尋を助けたかった。

だが、そんなことにはもうこだわっていられない。僕の目的は渡会千尋にいいところを見せることではない。彼女を助けることだからだ。

「康永さん。今回のことですが、市立《ウチ》の先輩に相談してみていいですか？」

「……どうして？」

「こういうことに関しては凄く頼りになる人がいるんです。もちろん、その人以外には話しません。それと……」もはや誤解されたままでいる必要はなかった。「ミノが言っていたと思いますけど、市立で起きた事件を解決したの、本当はその人なんです。僕はその人の手伝いで動き回っただけで」

「……そうなの？」

「すいません」

「いや、私は三野君から聞いただけだから」康永さんはそこで声をひそめた。「……彼、意外と嘘つきなの？」

「嘘はつきます。ただし他人のためにしかつきません」

電話のむこうで、康永さんが微笑んだのがなんとなく分かった。「分かった。その人にもお願いしてくれる？　それと……」

「はい」

「……ん、何でもない。やっぱりいい」

「はあ」

「伊神さん、受験勉強の方はどうですか？　最後の追い込みの」

「挨拶は別にいいよ。何があったの？」

この話の早さ。やはり頼りになる。「……何かあったって、どうして分かったんですか」

「どうしても何も、それ以外の用事で君が今頃、僕に電話してくるとは思えないんだけど。受験中の僕に電話するっていうのはよほどのことだし、受験勉強が忙しいか訊いたってことは、僕に何かさせるつもりなんでしょ」

伊神さんは当然というふうに説明した。「……で、何があったの」

「あのう、でも、受験真っ最中ですよね」

「それを承知でかけてるんでしょ君は。それに試験は再来週なんだから、別に忙しくないよ」

「試験は再来週なんだから」と「忙しくない」が論理的につながっていない気がするが、その点はとりあえず措いておくことにした。この間も予備校のテストを「切り上げて」作家のサイン会に行っていたと聞いたし、この人の中ではつながっているのだろう。

僕は事件のことを順々に話した。とり急ぎ大ざっぱに話そうと思ったのだが、伊神さんが細部についていちいち「それは誰が言っていたの」「詳しい日時は」と尋ねてくるので結局こと細かに話すことになった。

聞き終えた伊神さんはふむ、と一つ呟くと、感想を述べた。「面白いね」

面白くはないはずだが、しかし伊神さんは楽しそうに言った。「とにかくまず、その怪文書と写真を実際に見てみないことにはね。……今、両方とも持ってるね？」


というわけで、昼食も兼ねてファミリーレストランで会うことになった。先に来ていた伊神さんは僕が席に着くなり事件の説明を求めた。僕はランチメニューを見繕って注文しながら説明した。伊神さんの分も僕が注文した。この人は一旦事件の話を始めると食事などそっちのけになるに決まっている。受験生はしっかり栄養をとらねばならない。もっとも伊神さんは怪文書と写真を検証するのに夢中で、次々運ばれてくるランチメニューの皿など一顧だにしなかった。

『二月一日』って特定しているところからして、その石井君という人と親しい人が犯人だね。彼女と東君の関係を知っている人」伊神さんはいきなり言った。「あと、このローソンどこかで見た気がするんだけど。……土地の使い方が東京じゃないね。地元かな」

伊神さんはいきなりそこまで言った。なんなんだこの人はと思いながらも僕は答える。「地元でした。穴川駅近くの店舗です」

「だろうね。だとすると犯人は地元の人間か」伊神さんはようやく少し、視線を上げる。

「……ん？　例のその、渡会君も地元民だっけ？」

「そうです。……いえ、でも」

「なるほどね。で、君には彼女が犯人としか思えない、と」

僕が苦労して辿り着いた最終地点までものの三分で到達して、伊神さんは平然としている。もはや悔しいなどといえるレベルではない。僕は内心の驚愕を押し殺して答えた。「そうではないと思うんですが」

「うん。そうではない」

「本当ですか！」

思わず腰を浮かした僕の態度にやや驚き、それから何をかいわんやという顔になって伊神さんは言う。「だってそもそも、その子が容疑者になったのはなんでなの。打ち上げの途中から現場の戸には鍵がかかってたから、っていうだけでしょ」

「いえ、ですが、だから現場には入れないと……」

「ええとね」伊神さんは頭を掻いた。「鍵を確かめた部長の記憶は確かか。合鍵を作っていた可能性はないか。戸以外に現場に出入口はないか。ないとしても例えば翌朝、鍵がかかっていたかのように見せかける手はないか。……最低でもそこまで確かめなきゃ」

「……それは……確かに」

なかば呆然として言う僕を見て、伊神さんは呆れた様子で椅子にもたれた。「……君さあ、ちょっと冷静さが足りないと思うよ。初恋の人のためとはいってもねえ」

「ちょっ、……なんで知ってるんですか」

「三野君から聞いたよ」

ミノのやつ、一体どこまで言いふらしたのだ。

「さしあたって君がやるべきことは、部長から状況を聞くことだね。分かったら電話するように」伊神さんはそれだけ言うとさっさと立ち上がった。

「はい。って、あのう、もう終わりですか」ランチの皿は完全に運ばれてきた時のままである。

「僕は僕で、ちょっと確かめたいことがある」

伊神さんは写真と怪文書の原本の方を持って出ていってしまった。

とりあえず二人分のランチの処遇は後回しにすることにして、僕は康永さんに電話をかけ、部長さんの番号を聞いた。部長さんに電話をかけると彼女は僕の声を覚えていなかったらしく、また名前も忘れていたらしく数分間頓珍漢なやりとりが続いたが、康永さんの名前を出したらとにかく納得してくれたようだった。納得してくれたところで質問を始める。収穫はなかった。部長さんいわく、打ち上げの時は、窓の鍵は不明だが入口の鍵は確実にかけたということだった。翌日の朝は双方とも確かに閉まっていたという。また、鍵は顧問の先生が保管しているのが一つと、部長さんが保管しているのが一つ。一時的に見失いこそすれ、二月一日以降は毎日使っていたとのことだった。だとすると、たまたまこの日に写真を撮った犯人がその後で合鍵を作ることはできなかったことになる。

謎の輪郭が少しはっきりした。要は、合鍵なしであの部室に侵入するか、窓から侵入して外から出入口の鍵をかけることができればいいのだ。

何かヒントがないかと思って念のため質問してみる。「部室の出入口と窓なんですが、何かおかしいところはありませんでしたか」

「おかしいところ……」部長さんは沈黙した。「……すいません。よく分かりません」

どうも質問が大ざっぱすぎたようだ。「では、何でもいいんですが、最近何か気になったことなどはありませんか」

「はあ……」部長さんはぽつりと言った。「……葉山さん、刑事みたいですけど」

先月の事件の時もこんなことを言われた気がする。それなら将来警察官になってやろうかなとも思ったのだが、考えてみれば刑事に見える人間は刑事には向いていないのであった。

部長さんは数秒の沈黙の後、関係ないと思いますけど、と前置きして言った。

「あゆ……石井あゆみがそういえば昨日、鍵を借りていきました。忘れものをしたそうです」

部長さんはそれだけ言って、その後に再び「関係ないですよね」と付け加えた。

……関係ない、のだろうか？　すぐには判断ができない。石井さんは住所の点から除外されるはずだ。しかしだからといって即、無関係とも言いきれない。あの人を疑いたくはないのだが。

電話を切った後も、僕はかなり長い間考えていたようだ。気がつくとお茶もスープも常温になっていたし、ライスも固くなっていた。そして情けないことに、これだけ考えても出た結論は「現場を見てみないとどうにもならん」だった。


二日後の月曜日、僕はまた愛心学園に足を運んだ。土曜日に伊神さんと別れた後、康永さんに電話して部室を見せてもらえるかと訊いてみたら、コンサートが終わったばかりだから土日は閉まっているが、月曜の放課後なら入れる、との答えだった。この時点でもう、女子校に入ることに抵抗はなくなっていた。校門を抜ける時何人かの生徒がこちらをじっと見ていたし部室に向かう間明らかに面識のない人からなぜか会釈されたが、笑顔でやり過ごすことができた。慣れというやつは凄いと思った。

康永さんは部室棟の前で待っていてくれて、僕を見つけると小さく手を振った。この人は第一印象こそ険があったが、いろいろとお願いして随分面倒をかけているのに笑顔で応じてくれるのであり、第一印象は第一印象に過ぎないと思わせるものがあった。

部室にはもう誰もいないということだった。伊神さんのことなどをとりとめなく話しながら、まずは引き戸を調べる。鍵の部分や足元の溝に異状はないか。はたから見ると康永さんの彼氏が校内にまでやってきたようにしか見えんなと思ったが、僕はすでに何でもこいという気持ちだったし康永さんの方も別に気にしていないようだ。引き戸の鍵は特に厳重なものではなく、例えば伊神さんならピッキングで開けてしまえそうなものではあった。しかし二月一日に写真を撮った犯人が十日間やそこらでピッキングを習得し道具も揃える、というのはちょっと考えにくい。それに、伊神さんいわくピッキングでできるのは鍵を開けることのみで、その逆は相当難しいらしい。

康永さんが肩越しに訊いてきた。「部室の鍵、預かってきたの。中も見てみる？」

「念のため訊きますが、いいんですか？」

「別に、見られて困るものはないよ。散らかってるくらいで」

散らかっていること自体も見られて困る気がするが、彼女がいいと言うなら僕に断る理由はない。鍵を開けてもらった。薄暗い室内で目をこらす僕を見て、康永さんは「遠慮しなくていいのに」と言って明かりをつけた。部室は別に散らかっているわけではなかった。部室が「散らかっている」というのは、もっと……こう、迫力のある状態を指すのである。

康永さんに続いて上がらせてもらう。譜面台、楽譜、舞台装置の残骸。ものは多いがきちんと整頓されていた。このあたりが「整頓=立て掛け+積んどく」の市立《ウチ》とは違う。康永さんが説明してくれる。怪文書と写真は、入ってすぐ右の壁面にセロテープで貼られていたという。

僕が見ておきたかったのは、入口の引き戸以外の出入口だった。見ると、奥の壁に窓があった。近づいてみて大きさを測る。多少窮屈かもしれないが、僕より大きい人でなければ出入りはできそうだった。入口が駄目なら当然、犯人はこの窓から出入りしたということになる。

「鍵のかかった部室に入って、か……。本当にできるのかな」半分は独り言と思える音量で康永さんが呟いた。僕は、意外とできるものです、と答えた。

一ヶ月前、市立で起きた事件。その中で僕は、二度ほど密室状況に直面していた。解き明かしたのは伊神さんであって僕は何もしていないが、それでもこうした状況を前に思考停止してしまわない程度には慣れているつもりだった。犯人は窓から侵入しただろうから、窓に何かしら痕が残っている可能性がある。僕はまず、窓枠とクレセント錠をチェックすることにした。ここで拡大鏡でも使えば見た目は確かに名探偵である。

窓枠に張りついて仔細に観察する。僕は考えていた。コンサートの日の夜の時点で窓に鍵がかかっていたか分からないというなら、犯人は窓から侵入したと考えるべきだ。そして朝には鍵がかかっていたというなら、犯人が脱出時、何らかの方法で外から鍵をかけたと考えるべきで……つまり、外から鍵をかける方法があればいいのである。

……とすると。

クレセント錠を見る。そこに傷痕があるのを見つけて、僕はどきりとした。視線を上げる。換気扇があった。

「ちょっと失礼」

窓枠に足をかけて体を持ち上げ、換気扇を見る。さすがにここまでは掃除していないらしく、換気扇には鼠色の埃がこびりついている。あまり使うこともないようだ。しかし埃の中に一筋、こすったような痕がついていた。

窓枠から飛び降りる。僕は康永さんに言った。

「……犯人、分かりました。それに証拠も」

唐突な物言いに硬直している康永さんにお願いする。「……会いたい人がいるのですが」


三十分後に、と言い置いて僕は買物に出た。目的のものはなかなか見つからなかった。僕はまずコンビニに走り、近くに金物屋を見つけたのでそこに入り、さらに駅まで戻って息を切らしながら駅前のショッピングセンター内を駆け回った。目的のものを見つけると、そのまますぐに愛心学園に駆け戻った。途中でマフラーを取り、手袋を外し、コートを脱いで脇に抱えた。

肩で息をしながら部室の戸を引く。そして言った。

「いきなり呼んですいません」呼吸を整える。「……八重樫さん」

八重樫さんは無言で僕を見ている。と思ったら、その後ろから石井さんも出てきた。

「康永さん？」彼女は呼んでいない。

ごめん、と言って何か言いかけた康永さんより早く、石井さんが言った。「すいません。ついてきちゃいました」

どうしようかな、と思ったが、そういえばこの二人は仲が良かった、と思い出し、僕は部室に上がり込んで引き戸を閉めた。それに石井さんは当事者だ。聞く権利はあるだろう。

気をもたせる趣味はない。僕は率直に言った。「八重樫さんに話があります」

八重樫さんが緊張したのが分かった。僕は鞄の中から、コピーの方の（原本は伊神さんが持っていってしまった）怪文書を出した。

「この間のコンサートの後、この部室にこれを貼りつけたのはあなたですね」

八重樫さんは動かない。驚愕しているのか事態が飲み込めていないのかは分からない。

僕は自分のこれまでの推理を話した。石井さんと東さんの関係を知っている人。そして穴川駅近くに住んでいて、穴川駅近くで偶然、東さんたちに行きあう可能性のある人。

「もちろん、ここで一つ問題があります。あなたはあの日、打ち上げに出ていた。あの日、部長さんは打ち上げの途中で部室の鍵を講堂に置き忘れた上、かけ忘れているのに気付いて一旦席を外しました。そして鍵をかけて戻ってきた。その時にはまだこれらは貼られていなかったそうです。そして次の日の朝は、部長さんが鍵を開けています。一見すると、打ち上げに出ていたあなたがこれを貼る機会はなかったように思えます」

石井さんも康永さんも僕をじっと見ている。

「ですが、部長さんいわく『確かに閉まっていた』のはそこの引き戸だけです。窓の方は、翌日の朝には閉まっていたそうですがあの日については明らかでない。つまり」

僕は八重樫さんの目を見ていた。視線が揺れているようにも見えるが定かでない。

「夜、打ち上げが終わった後部室に忍び込んで、これらを貼る……もしそれができたのなら、打ち上げに出ていたあなたも犯人になり得ます。もちろん、ここにいる康永さんにも同じことが言えるのですが」

自分の名前が出てくるとは思っていなかったらしく、康永さんは全身をぎくりと強張らせた。段取りを話しておかなかったせいで無駄に動揺させてしまったかと反省する。僕は怪文書のコピーを床に置き、それから写真のコピーを八重樫さんに見せた。

「これは、部室に貼ってあった写真のコピーです」そしてもう一枚、同じ構図の写真を出した。

「こちらは僕が一昨日、撮影現場に行って撮ってきたものです」

康永さんが一歩近寄り、二枚の写真を見比べる。僕はその二枚も床に置いた。そういえばこの部屋、広いわりに机を一つも置いていない。

「撮影してみて分かったことは、この写真は、少なくとも身長が百六十センチはある人が撮ったということです。康永さんは、その、小柄ですから」女の子も身長が低いことは気にすると聞いている。やや表現に困りながら、僕は三枚目の写真を床に出して並べた。

「康永さんぐらいの身長の人があの場所から写真を撮ると、こうなってしまいます」

実験は今日の放課後すぐにやってみた。犯人の撮った写真は下の方が街路樹の枝で隠れている。康永さんの身長に合わせて膝を曲げた場合、写真の真ん中に街路樹の枝が入ってしまうのだ。

一昨日、撮影現場に辿り着いた時、僕は突っ立ったままファインダーを覗いていた。それなのに寸分違わぬ構図が得られたということは、犯人の身長が僕とたいして変わらないことを示している。そのことに気付いたのは今日になってからだったが。

「葉山君……そんなことまでやってたの」

「一応、その、手続き上……」散々手伝わせた康永さんも疑っていたことになるわけで、これはどうにもきまりが悪い。

気まずい空気に焦り、どうしても早口になってしまう。「つまり康永さんは犯人でないということになります。残ったのは八重樫さん、あなたです。で、問題になるのが、そもそもどうやって鍵のかかった部室に入ったか、ですが」

三人の視線が集中するとやはり落ち着かない。視線を避けるのも兼ねて、僕は窓際に移動する。「この窓の鍵、クレセント部分に傷がついています。また、真上の換気扇にも、何か糸のようなものでこすった痕があります」

そこまで言うと八重樫さんを見る。やはり反応しているのか無反応なのか分からなかった。

「……つまり、こういうことです。あなたはあの日、打ち上げ後に部室に行って、開いている窓から入った。写真等を貼りつけた後、また窓から出ます。その時、クレセント錠に糸状の……丈夫なワイヤーか何かを巻きつけておいた。もう一方の端を真上の換気扇から外に出して、これを外から引っ張れば鍵がかかります。あとはそのまま引っ張って、ワイヤーを回収します」

伊神さんに頼るまでもなかった。単純なトリックだ。

石井さんが手を上げた。「あのう、そういうの……聞いたことはありますけど、本当にできるんですか？」

おそらくこう言われるだろうな、ということは予想がついていた。だからこそさっき、三十分走り回ってワイヤーを買ってきたのだ。「やってみましょう」

僕はあらかじめ切っておいたワイヤーの片方の端をクレセントに巻きつけた。もう一方の端を換気扇から通すのには若干、苦労したが、これもうまくいった。外に回り、窓を閉める。ワイヤーを引いた。

引けなかった。がちっ、という音が鳴る。何かに引っかかっているらしい。

やはり小説の名探偵みたいに鮮やかにはいかん、と悔やみながら窓を開ける。「ちょっと引っかかってるみたいですね」

「あのう、葉山さん」石井さんが中から僕を招いている。僕は窓から中に入った。

「……これを」石井さんは窓の鍵を指さした。別に何かが引っかかっているわけではなかったが……。

よく見ると鍵は斜めに歪んでいる。閉めている時はまっすぐだったが、外した途端に斜めになったらしい。僕はクレセントを回してみた。鍵は閉まらなかった。クレセントが斜めに歪んでいるせいで、受ける金具にうまくはまらないのだ。横から力を込めて歪みを直し、押し込んでみる。大分力がいるが、今度は閉まった。この窓の鍵、閉めるにはこつがいるようだ。

……しかし、それでは。

それでは駄目なのだ。外からワイヤーで、引っ張っただけで閉まってくれないと。

しばらく沈黙。なんとも表現のしようのないなま暖かい空気が流れる。

……最悪だ。

穴があったら入りたかった。なくても掘って入りたかった。これほど恥ずかしい思いをしたのは、僕の人生では初めてだ。

僕は頭を抱えた。運が悪かった。いや、僕が間抜けだったのだ。この建物の築年数を計算に入れていなかった。古くなった鍵が理屈通りに閉まってくれないことぐらい、市立の校舎で嫌というほど思い知らされてきたはずなのに。

「葉山君……」康永さんは何と言っていいか分からない様子である。僕にも分からない。しかしとにかく、八重樫さんに謝らねばならなかった。土下座したいくらいだった。

「すいません。ほんとすいませんっ。間違いでした！」

石井さん康永さんに慰められ、八重樫さんにまで慰められながら、僕は謝り続けた。心底、後悔した。伊神さんに頼んだくせに、まだ一人で解決しようとしていた。いい気になって実演して見せようとした。そのくせ、トリックが本当に使えるかどうかの確認すらしなかった。僕は間抜けだった。間抜けのくせにいい気になって恰好つける、この世で最も恥ずかしい生き物だった。丸刈りにされた羊とか貝殻を外されたヤドカリですら、今の僕の姿を情けないと言って笑うだろう。

やっぱり、僕が白馬の騎士なんてありえない。渡会千尋がこの場にいなかったのがせめてもの救いだった。

その後、僕はずっと意気消沈していた。家に帰るまでも、帰ってからも、ベッドに入るまでも、入ってからも、夢の中でも意気消沈していた。意気消沈したまま朝が来た。日差しが無駄に爽やかな朝だった。

放課後になって伊神さんから電話が来て、現場に向かうから現地で待っていろと言われた。僕はもう恥ずかしくて、正直にいえば愛心学園に近付くことすらためらわれるのだが、もちろん嫌とは言えない。校門の前でなるべく小さくなって隠れていようと決めた。

僕が愛心学園に着いても、伊神さんはなかなか来なかった。その間に僕は康永さんに電話し、部室にまた入れてもらっていいか尋ねた。構わないけど、今は人がけっこういる、という返事だった。石井さんも八重樫さんもいるらしいと聞いて非常に気が引けたのだが仕方がない。僕はなるべく小さくなって伊神さんを待った。

伊神さんの「ちょっと待ってて」は非常に長い。電話をしてもかからずメールには返事が来ず、結局僕は一時間ほど校門のところで待つことになった。慣れのため忘れていたが普通、学校というところは関係者以外立入禁止である。女子校における男子は尚更である。実際、校内を歩く職員に何度か見られ、そのたびに僕はあらぬ方向を見て「敷地内に入るつもりはありませんよ」と体で表現しなければならなかった。どうもスパイになったような気分だなと思ったが客観的には変質者の方が近い。しかし伊神さんに連絡がつかない以上、門の前で待つしかなかった。

一体何をしているんだろうと思いいいかげん帰りたくなってきた頃、伊神さんがやってきた。ただし外からでなく中からやってきた。いつの間に入ったんですかと訊くと、伊神さんは「裏門から、ね。ちょっと中等部の方に興味があってね」と聞き方によっては非常に危《やば》く聞こえることを平然と言った。

伊神さんはなぜか制服でなくダークスーツだった。白のワイシャツに地味なネクタイで刑事に見える。

「スーツですね」

「中等部の中を回らせてもらうつもりだったからね。職員に見えた方がいいでしょ」

無断で回ったらしい。何のためだか知らないがよく不審者扱いされなかったものである。

「じゃ、現場に案内してもらおうか」

「はい」

伊神さんは女子校の中を歩くのにも特に気後《きおく》れした様子はなく、当然といった様子で堂々と歩いている。たいしたものである。部室の前まで来ると伊神さんは僕同様、扉の鍵など一通り観察した後、何の遠慮もなく戸をノックし「ごめんください」と言って開けた。

部室には十名以上の部員がいた。当然のことながら彼女らは突如出現した男二人の姿に驚き、一斉に僕たちに視線を注いだ。僕は逃げ出したくなった。

「葉山君」康永さんがこちらに来てくれた。「この人が？」

「文芸部の伊神です。初めまして」僕が何か言う前に伊神さんが言い、面食らっている康永さんに右手を差し出す。康永さんは「わっ」という驚きを全身から輻射《ふくしゃ》し、しかし果敢に握手に応じる。

「現場を見せてもらいに来ました」伊神さんは何のためらいもなく部室に上がり込む。「写真などが貼られていた壁というのはここですね？」ずかずかと歩いて壁に近寄った。僕は康永さんに、すいませんと目で謝る。

一昨昨日《さきおととい》、事件の概要を話した時点で、僕はちゃんと説明したはずである。これは本来愛心学園吹奏楽部内部の問題であり、外部の者がずかずか立ち入るべきでないこと。しかも現状では渡会千尋が犯人とされているのであり、真犯人が明らかになったのでない限り、外から来た人間がその真偽を大っぴらに検証したら彼女の立場がかえって不利になりかねないこと。それは依頼した康永さんにしても同様であること。

……伊神さん、僕、確かに説明したはずですが。

僕は伊神さんに、視線で「困ります」のメッセージを送った。しかし伊神さんは全く意に介さぬ様子で「開いていたという窓はこれだね。ふうむこれは大分ガタがきている」と独り言を言いながら奥の窓に歩み寄る。泡を食った部員たちが押しあいへしあいぶつかりあいながらずささ、と左右に分かれて道を作った。まるでモーゼだ。伊神さんは窓を開けて外に身を乗り出し、それからいきなり窓枠に飛び乗った。部員たちの間から軽く悲鳴があがった。伊神さんは僕がやったのと同じように、換気扇を観察しているらしい。しかしすぐに窓枠から飛び降り「なるほどねえ」と呟いた。腕を組んで壁にもたれ、何やら考え始めた。

僕はどうしていいか分からなかった。康永さんにしてからが目をまん丸にし口を半開きにしたまま唖然としているのだから、事情を何も知らない部員のみなさんの驚愕たるや想像に難くない。しかしみなさんに対してどう説明したらよいのだろうか。本当なら逃げ出したいところだったがそうもいかない。

伊神さんは一つ頷いて顔を上げ、部員たちを一通り見回してからやや大きな声で言った。

「先日、この部屋の壁に写真と怪文書が貼られていた件についてですが」

部員たちは身動きできない様子で伊神さんを見ている。と、僕はその中に渡会千尋がいることに初めて気がついた。部屋の隅にいたので見落としていたのだ。彼女は鞄を肩にかけたところで静止していた。帰ろうとしていたらしい。

再会した。あまりに不意に。

約四年ぶりに間近で見る渡会千尋は、想像通り随分綺麗になっていた。僕が最後に見た時よりも大分背が伸びているらしく、僕と並んでもそう変わらないだろうと思われた。透き通るような白い肌に繊細な目鼻立ち。濡れ羽色の綺麗な髪はそのままで、それが嬉しかった。僕は彼女に、心の中でメッセージを送った。

――今、伊神さんが君の無実を証明してくれるから。

僕はこの場に彼女がいるとは思っていなかった。この様子ではどうやら、伊神さんにおいしいところをまともに持っていかれそうだ。苦い気持ちがないではなかったが、仕方のないことだと思うしかない。

しかし当の伊神さんは、彼女の無実云々には興味がないらしい。「何やら自首した人がいるようですが、明らかにそれは嘘ですね。……仮に『犯人』と呼びますが……犯人は別にいます。

まず、この文章を見れば分かることですが……」真犯人を指摘するのが目的で、それ以外はどうでもいいといわんばかりである。

伊神さんは床に置いていた鞄から怪文書と写真を出し、皆に示した。それから、僕の推理をほぼそのまま辿り始めた。推理のうち人の証言に拠《よ》っている部分については、その場にいる石井さん部長さんに確認を求める。いきなり発言を求められた彼女らはあたふたと、しかし的確に答えた。

伊神さんは手際よく容疑者を絞っていく。伊神さんの弁舌は実に滑らかだった。石井さんに確認を求める時点で、石井さんと東さんの関係はさりげなく明らかにされてしまった。にもかかわらず、部員たちは石井さんにちらりと視線を向けただけで、伊神さんの説明に聴き入っている。部長さんにも動揺した様子はなかった。

しかし伊神さんの説明が進むにつれて、僕は不安になってきた。伊神さんの推理が、僕が昨日披露したものとほとんど変わらないのだ。

「……これらの条件に当てはまる人は数人しかいません。ではそのうちの誰か、ということになりますが……」

伊神さんには全くためらいがないようだ。部員たちはもう身じろぎもしない。

「……つまり部室は打ち上げ中、部長さんが鍵をかけてから翌朝開けるまで、いわゆる密室状態だったわけですね。しかし……」

重大なことに気付いた。僕はまだ、伊神さんに昨日の失敗を話していないのだ。しまった、と思うがどうしたらいいのかが分からない。そうしている間にも伊神さんは喋り続けている。

「……要するに、窓から侵入してこれらの紙を貼り、また窓から出て、外からこの鍵をかければいいわけです」

……伊神さん、駄目なんです。その推理は。

康永さんが僕を見た。隣にいる石井さんもつられて僕を見た。僕はそれに気付いたが、しかしどうしていいか分からずにすぐ視線をそらした。

「……おそらく、犯人は、部室の窓が閉まっていなかったことを記憶の隅にとどめていたのでしょう。そこにきて打ち上げの際、部長さんが鍵を忘れた、と言って部室に戻った」

どうしよう。このままでは伊神さんが大恥をかく。

「それを見て考えたはずです。これで今夜から明日にかけては、部室の鍵が閉まっていたことを皆が覚えている。打ち上げに出ていた自分は犯人でないということがはっきりさせられる……」

止めないといけない。しかし止めるきっかけがない。伊神さん、淀みなく喋りすぎだ。

「……ここまでくればあとは簡単です。この窓に外から鍵をかける方法があればいい。これについてはすぐに分かりました」

「伊神さん」

声が出た。伊神さんが僕に視線を移す。それに引っ張られるように、部員たちの視線がばらばらと僕に集まった。

どうするのだ。止めたはいいがこの後をどうやって続けるのだ。見当がつかない。

「……あの……そこまでで、いいんじゃ」

「何を言ってるの君は。これだけじゃ何が何だか分からないでしょ」

伊神さんは冷ややかに僕を見る。こいつは一体どうしたのだ、という目をしている。

「いえ、あのですね、……」何を言えばいいか分からない。

僕が何も言わなかったため、伊神さんは僕を無視してまた喋りだした。「……今さっき確認したことですが……」口許が少し緩んだように見えた。

危惧した通り、伊神さんは昨日の僕と全く同じことを説明した。そして昨日の僕と全く同じように、鞄から蛸糸のようなものを出した。「まあ、実際にやってみましょう」そして窓を開けて外に躍り出る。

……終わった。大恥だ。

僕は脱力して壁にもたれた。蛸糸のくくりつけられたクレセントはやはり回らず、受け部分の金具に引っかかって止まった。話に引き込まれていた部員たちの表情に変化が表れる。

窓を開けて伊神さんが顔をのぞかせた。「やはり回りませんでしたか」

やはり、ではない。これですべて台無しではないか。

しかし伊神さんは全く動揺した様子もなく、ひらりと室内に躍り込んだ。「まあ、そうでしょうね」

……何だって？

伊神さんは窓のクレセントを指で回す。「ご覧の通り、鍵のこの部分、かなり曲がっています。外から引っ張ったのではうまくはめることができない。……現在、この方法で鍵をかけることは可能でしょうか？　答えはノーです」

伊神さんは一呼吸、置いた。「……ただし、犯行の時点では違った可能性があります」

「えっ？」

思わず漏らした僕に、伊神さんが微笑みかける。

「さっき見た通り、窓の鍵や換気扇には確かに痕がついている。だとすれば、今やって見せたトリックが使われたことは間違いがないよね」

「それなら……」

僕にもようやく分かった。僕はどうやら、また見落としていたらしい。

伊神さんは続ける。「……そのことと、窓の鍵が壊れていることを整合的に説明するにはどうすればいいか？……答えは簡単。トリックは使われた。そしてその後、鍵が壊れた」

確かにそれで説明がつく。というより、それしかありえない。

伊神さんはそこで部員たちを見渡した。「……これだけいれば誰か、覚えているでしょう。最近、窓を開け閉めしたことがある人はいませんか？　その時から鍵はこんなふうに壊れていましたか？」

気圧《けお》されたようになっていた部員たちだったが、二年生らしい人が一人、声をあげた。「……私、覚えてます。私いま、鍵が壊れているのを初めて知りました。ちょっと前までは壊れてませんでした」

部長さんが続いた。「私も覚えてます。たまに換気したりするから、窓は開けます。少なくとも一週間前はこんなふうじゃなかったです」

伊神さんは頷いた。「さて、そうなると」再びゆっくりと、部員たちを見回す。「……犯人は明らかになる。さっき説明した通りです。犯人は……」

僕はそこでまた、しまった、と思った。伊神さんを止めそこねたことに気付いたのだ。

この事件については、皆の前で真犯人を指摘する必要はない。そんなことをすれば、以後は渡会千尋に代わってその人がきつい立場に立たされることになるからだ。僕の目的は渡会千尋の容疑を晴らすこと。それ以上はしなくてよい。

だが、それは僕の考えだ。普通に考えれば犯人まで指摘するのが当然なのだから、伊神さんには事前に真犯人を指摘する必要はないことを説明しておかなければならなかった。

「……石井君と東君の関係を知っていて、住所が東京・穴川間になく……なおかつ、打ち上げに出ていた人物。説明の通り、康永君は身長から除外されます。つまり……」

伊神さんは八重樫さんを見た。「八重樫日名子さん。あなたですね」

部員たちの視線が、今度は八重樫さんに集まった。八重樫さんは動かない。しかしよく見るとかすかに震えていた。

「君は友人である石井君の彼氏が別の女性と一緒に歩いているのを見て、石井君にそのことを教えてやろうとした。しかし面と向かって話したのでは以後気まずくなる。だから、あのような形で証拠を突きつけた。石井君が東君と別れてくれるように、ね」

八重樫さんは下を向いた。

伊神さんは、その八重樫さんに追い打ちをかけるように余計なことを言う。「……文面からすると、君は東君に対して、あまりいい感情を持っていなかったようだね」

僕はコンサートの時を思い出していた。八重樫さんは東さんに全く興味がない、どころか、何か冷ややかだったようだ。

伊神さんの余計な言葉は石井さんにも少なからず衝撃を与えたらしい。石井さんはか細い声で呟いた。「ヒナ……どうして?」

八重樫さんは下を向いたまま口を引き結んでいる。誰も喋らないまま、何秒間だか分からない時間が過ぎた。

石井さんがもう一度呼ぶ。「ヒナ……」

「……だって」

八重樫さんがぼそりと言った。石井さんが沈黙する。

そして八重樫さんは、低い声で呟いた。「……あゆ、変わったよ」

「……私が?」

八重樫さんは口を引き結んで頷く。肩が震えている。「……冷たくなった」

石井さんは動かず、ただ八重樫さんの次の言葉を待っている。

「……冷たくなったよ。自分じゃ、気付いてないかもしれないけど」だんだんと涙声になりながら、八重樫さんは言う。「……今までいつも一緒だったのに！　あゆ、東さんとつきあってから変わった。一緒に帰ってくれなくなった。休みの日誘っても来てくれなくなった。東さんと約束があるから。東さんが待ってるから。そればっかりだもん。あゆ、私のことなんてどうでもよくなったんでしょ？　いつも東さんのことばっかり！　私……」

　八重樫さんは早口で、しゃくりあげながら言った。

「……私、あゆのこと親友だと思ってた。あゆ、覚えてないでしょ？　ずっと親友でいようねって約束したじゃない！　覚えてないよね。小学校の頃だもんね。あゆは軽い気持ちで言ったのかもしれないけど、私、嬉しかったんだよ。大事にしてたのに……」

「覚えてる！」

　石井さんが、はっとするほど強い声で遮った。「……私、覚えてるよ……」

「どうやら、そのようだよ」いきなり伊神さんが割って入った。伊神さん何て野暮な、と思ったが、思わず顔を上げた八重樫さんと石井さんに対し、伊神さんは窓の鍵を示す。

「さっき、僕の話を聞いて不自然に思わなかったかな？　窓の鍵は事件の日から今日までの間に壊れた。しかも、目で見て分かるくらいの相当ひどい壊れ方だ。……自然にこんなことが起こりうるかな？……つまり窓の鍵は、誰かが壊したんだ」

　伊神さんは微笑む。

「僕の推理はこうだ。その誰かさんは、僕より先にトリックを見抜いた。そしてさらに、葉山君が今回の事件について調べて回っていることも知った。……誰かさんは考えた。このままでは、いつか葉山君がトリックに気付いてしまうかもしれない。そうなった場合、犯人は渡会君同様……いや、それ以上にまずい立場に立たされることになる。……そこで、誰かさんは事件後、部室に人のいない時を見計らって、窓の鍵を壊した」

伊神さんは窓の鍵をこつこつと叩いた。「さらに推理すればこうだ。貼り紙をした八重樫君は、僕が今、使ったような柔らかい糸を使った。でないとクレセント部分に露骨な傷が残ってしまうからね。しかしそれならば、この鍵にこんなに目立つ傷がついているのはなぜか。……答えは簡単。換気扇の痕と違ってこちらの傷は、誰かさんが鍵を壊した時についた。……これが僕の想像だ」

……「誰かさん」。

伊神さんは、さも今思い出しました、というふうに付け加えた。「……そういえば部長さんが言っていたね。二月十三日の放課後、なぜか石井君が部室の鍵を借りたそうだけど」

八重樫さんが弾かれたように石井さんを振り返る。「あゆ……」

石井さんはしかし、まず僕に視線を向けた。「……葉山さん、ごめんなさい。私、白馬でないですね」

「いえ」思い出したことがあった。僕は返した。「……『keynote』の勘定、別でしたし」

石井さんはふわりと微笑んだ。それから八重樫さんを優しく抱きしめた。

「……あゆ、ごめんね……」八重樫さんは、石井さんの胸に顔をうずめて泣いている。ごめんね、と繰り返す彼女の背中を、石井さんはぽんぽんと叩いている。その姿は、まるで……

……母猫のように見えた。駄目だ。それ以外には見えない。すいません。

その様子を見た伊神さんは腕を組んで何やら思案していたが、やがて得心したように一つ頷くと、また解説を始めた。

「……なるほど。友人関係が親密な場合、一方に異性のパートナーができるともう一方はからかい、揶揄などの行動を過剰に見せるようになる。これは冗談の衣を被った嫉妬の表現で、その根っこにあるのは潜在的同性愛関係だね。十代の少女の場合ダフネ・コンプレックスで説明してもいいけど、僕はこうした心理を中村コンプレックス[3]と命名したい。つまりはもふ」

途中で言葉が途切れたのは僕が横から口を塞いだせいだ。伊神さんは僕の手を振り払って不満げに言う。「何するの」

僕は慌てて伊神さんの耳に無声音を吹き込む。「なに解説してるんですか。やめてください」

劇的な行動に走った自分の心理を横から解説されて面白かろうはずがない。まったくこの人は、気がきくんだかきかないんだかさっぱり分からない。

伊神さんはあまり納得していない様子だったが、すぐに興味をなくした様子で一つ頷くと、さっさと部室を出ようとする。「さて葉山君、帰ろうか」

「え、……はあ、そう、ですか」

「君ね。謎が解けたら、探偵の出番は終わりでしょ」

何を分かりきったことを、という調子で伊神さんは言う。

「……そうですね」

ところが、伊神さんに続いて出ようとした僕は伊神さんの背中にぶつかった。伊神さんはいきなり立ち止まり、「ああ、忘れてた」と言って振り返った。

「八重樫君」

伊神さんが思いがけず大きな声で呼んだので、八重樫さんははっとして顔を上げた。

その八重樫さんに、伊神さんは一枚の写真を投げた。石井さんが伸び上がり、両手で挟むようにしてキャッチする。

「……君が撮影したのは、その女性だね？」

僕は首を回して石井さんの手元を覗いてみる。写真に写っていた東さんの彼女……の、正面写真だった。

「伊神さん……どこから手に入れたんですか」

僕は驚いて尋ねた。八重樫さんも石井さんも、不思議そうに伊神さんを見ている。

伊神さんは頭を掻いた。「別に、たいしたことじゃないよ。その女性、見たことがある気がしてね」

伊神さんは踵を返し、引き戸に手をかけたまま言った。「……彼女は三野君のお兄さんと同じ大学に行っている、ここの卒業生だよ。年齢は二十歳。名前は東琴音《ことね》。……東雅彦の実姉だ」

「実姉」の語がピンと来なかったらしく、石井さんと八重樫さんはきょとんとしている。しかし伊神さんはさらに付け加えた。

（3）「おーい中村君」（矢野亮作詞／中野忠晴作曲／若原一郎唄）を参照のこと。

「趣味は園芸。彼女はその日、東君を荷物持ちに連れていった。彼女はよく弟と腕を組んで歩いて、カップルに見せかけて遊ぶそうだ。そうすると、まわりの人がみな振り返るから面白いんだってさ。東君はこれを大変嫌がっているんだけど、姉上には頭が上がらないらしい」

……二人はしばらくそのまま、同じ顔で唖然としていた。

やがて、ぷっ、と吹き出した。それから二人、肩を寄せあって笑った。

そんな二人を残し、伊神さんはちらりと手を振ると、さっさと戸を開けて出ていってしまった。

……そう。あの写真の女性は、僕の知っている誰かに似ていた。なんのことはない。東さんに似ていたのだ。

僕はようやく気付いた。……あの写真は昼過ぎに撮影されたものだ。東さんが日曜、彼女とデートしていたとして……昼過ぎに穴川あたりにいるということはつまり、目的地が穴川であったということになる。東さんが穴川駅前でデート。しかも買物もそこで。確かにそれはありえない。あの人なら絶対に、東京まで出る。つまりあの写真は、買物は買物でもただの買物で……家族の買物だったのだ。

……しかし、東さんが荷物持ち。しかもガーデニング用品。行き先はホームセンターか何か。……似合わない。僕はつい吹き出してしまった。ミノに教えてやれば大喜びするだろうなと思った。

何はともあれ一件落着のようだ。僕は康永さんに軽く会釈して部室を出る。伊神さんの姿はもう消えていた。素早い人だ。

校門に向かって歩いていると、後ろから足音が追いかけてきた。振り返ると、渡会千尋だった。

「葉山くん」

僕はせいぜい恰好をつけて言う。「邪魔したね」

彼女はふるふると首を振った。そして笑顔で僕に言った。「ありがとう」

途端に鼓動が速くなる。やっぱり可愛い。

「あの、……もう帰るの?」

ここは渋く決めないといけない。僕は言った。「うん。……探偵の出番は終わったしね」

「……そう……」

心の中ではここで引き止めてくれさあ引き止めてくれと念じながら、僕はなるべくゆっくりと彼女に背を向ける。

「あの、葉山くん」引き止めてくれた。やった。僕は振り返る。

渡会千尋はそっと僕に歩み寄り、かすかに頰を染めて、言った。

「……あの、伊神さん、って……彼女、いるの?」

…………。

「……渡会、伊神さんのこと……」

「……あの、そういうわけじゃなくて……。……ちょっと、気になっただけだから……」

などと言いながら顔が真っ赤だ。

僕は絶叫したかった。……それは、ないだろ。それは。

しかし考えてみれば、いいところは全部伊神さんが持っていったのだった。それに、振り返ってみれば僕は、彼女のために何もできなかった。僕一人では、彼女の容疑を固めてそこで終了だったわけである。

……あれにゃあ負けた、というところだ。

「……あの人いま、彼女いないよ。たしかそう言ってた」

渡会千尋の顔がぱっと輝く。

あまりの切なさに、僕はつい漏らしてしまった。「……なんだ、残念だな」

「……え？」

しまった。聞かれた。しかし、ここまで言ってしまったら同じである。僕はもうどうでもいいやという気分になった。「……その、僕は……」

ふん、と鼻息を吐いて、顔を上げる。彼女の顔を見て、言った。

「……好きだったんだ。前から」

渡会千尋が目を見開く。顔が膨張しているような感覚があり、ひたすら熱い。

「葉山くん……」

「いや、気にしないでいいよ。昔の話だし、今はもう、別に」

軽い後悔が襲ってきた。軽すぎるとも思った。どうして今更、彼女を無駄に動揺させるようなことを言ったのか。

「いや、ほんと応援するよ。あの人難物だけど、趣味が合えば意外とコロッと」

まるで道化だな、と思うがやめられない。「あっ、携帯に赤外線ついてる？　電話番号教える。これでもあの人のことはけっこう知ってるから、役に立てるよ。例えば……」

……まあ、後でしっかり涙にくれるとしようか。


校門を出たところにミノがいた。

「あれお前、何やってるのそんなとこで」

「伊神さんから連絡があってさ。東さんの姉貴の写真、兄貴からもらってこい、って言われた」

「それを届けにわざわざ？」

「届けろって言われたんだよ。……お前結局、伊神さんに頼んだのか」

僕は肩をすくめる。「仕方がないよ。僕一人じゃ解決できなかった。それに彼女、僕には全然興味なかったよ。伊神さんを気に入ったみたい」

「……そりゃまあ、お前と比べれば」

「おい。……さっき訊かれたよ。伊神さんに彼女がいるか、って」

ミノは眉をひそめて僕を凝視《ぎょうし》する。「……お前まさか、馬鹿正直に『いない』って答えたんじゃねえだろうな」

「いや、当たり前だろそれは。嘘はつけないし」

ミノは額に手を当ててのけぞり、火炎でも吐きそうなくらい口を開けた。「お前なあ。馬鹿。嘘ついときゃバレねえって」

しかしすぐに言い足した。「……まあ、お前にそういうことやれっていうのも無理か」

……お前だってやらないくせに。

ミノと二人、事件の経緯を話しながら並んで歩く。伊神さんの活躍を聞いてミノは笑った。

「なるほどなあ。おいしいわそれは」

言葉を切り、空を見上げる。いつの間にか日が沈もうとしている。綺麗な夕焼けだった。

隣でミノが呆れて嘆息《たんそく》する。「……でもお前さあ。結局働くだけ働いて、伊神さんに全部いいとこ持ってかれたんじゃねえか」

「いいんだよ」ここが恰好のつけどころだ。僕はクールなふりを装って言った。「僕の目的は彼女にいいところを見せることじゃない。彼女を救うことだった」

「よく言うよ。お前、下心が泣いてるぜ」

「それ言うなよ。渋く返してよ」

「仕方ねえな」ミノは表情を作る。「喜劇王を気取るにゃ、背中に哀愁が足りないぜ」

なんだかよく分からないが、僕は「いいのさ」と言って、ふっ、と笑う。

「彼女がいい顔で笑った。見返りとしちゃ、充分だ」

ミノは僕を見て沈黙した。しばらく沈黙して、それから爆笑した。「はははははははははは。似合わねえ。ほんと似合わねえお前。面白え」

「笑うな。くそう」

ミノは「ひゃひゃひゃひゃひゃひゃひゃ」とひとしきり笑って、それから、ふっと真面目な顔になって呟いた。「……まあ、お前らしいわ」

ミノが僕の肩を勢いよく叩く。「泣くな友よ！　お前にはまだ演劇部《ウチ》の部長がいる！」

「いるのか？」どうも信じ難い。

「一方、俺には誰もいねえ！」ミノは夕日に向かって吼えた。「誰もいねえぞおお！」

呆気にとられる僕の視線に気付いているのかいないのか、ミノは大声で「なんで俺はもてねえんだああ」と叫んだ。

それから全力でのけぞり、ぷるぷる震えながら続けて空に叫ぶ。

「なんで俺は彼女ができねえんだああ」

「なんでいい女はみんな男いるんだあ」

「なんで顔のいいやつしかもてねえんだあ」

「男は顔とか身長じゃねえぞ」

「そ、その通りだぞ」思わず僕も大声で言った。「身長なんかどうでもいいぞ」

「もてるやつらはもてすぎだあ。不公平だ」

「そうだあ」

「畜生」

「畜生」

思わずそう叫んでしまうと、何かつっかえが取れた。あまり深く考えずにもういいから叫んでしまえ、と決め、僕はもう一度叫んだ。「畜生」

ミノはもう叫ばない。でも僕はもう一発くらい叫びたかった。「ふられたぞお」

語尾を長く長く伸ばす。静まり返った夕暮の住宅地。ずっとむこうの路地で、かすかにコダマが返ったようだ。

隣でミノが腕を組んでいる。照れくさいのでそちらは見ず、僕は大股で歩き出した。その僕の背中をミノが叩く。「よっしゃあ、次見つけんぞ次！」

照れくさいので返事はしなかった。ただし心の中で、一つだけ修正した。

恋愛の相談など友人にするものではない。そういう相談は親友にするものである。

断章2

父の様子がおかしい。

思い返してみると、夕食の時からだ。特別なことがあったわけではない。今日、学校であったことを話しただけである。家族の団欒《だんらん》においては最もありふれた、幸せな話題だろう。

だがその時から、父の表情が硬くなった。そして食後、普段なら水割りを片手にリビングでテレビを見るはずの父は、硬い表情のまま書斎に行ってしまった。母はしかし、不審に思った様子はない。仕事があるんでしょう、と言った。

父の書斎。ドアの前に立って耳を澄ましてみた。父の仕事中には大抵しているはずの、鬼気迫る速さでキーボードを叩く音がしない。静かだった。

最初に考えたのは、体調が悪いのだろうか、という平凡な可能性だった。だが、夕食まではいつも通り元気そうだったのだ。

書斎のドアを開けると、父は机に向かっていた。しかし仕事をしているのとは明らかに違う。手紙を読んでいたのだ。

ドアが開かれたのに気付き、父は驚いて振り返った。体で、手紙を隠すようにしている。

「……ノックをしなさい」

「ごめん」

思いがけず強い調子で言われ、少し驚いた。父は腹を立てているふうではなかったが、表情には落ち着きがなかった。神経が過敏になっているようだ。

「……手紙？」

「ああ。ファンレターだ。……何か用か？」

おかしい、と思った。普段の父は、仕事中に入ってこられても決して嫌そうな顔をしない。無関係な話題だろうがくだらない話題だろうがまず一通り喋って、それから、そういえば何か用事があったのか、と思い出したように訊くのである。

「……電話。白鵬社《はくほう》の韮沢《にらさわ》さんから」

ベル音にびくびくするのが嫌だと父が言うので、書斎には電話は引いていない。

「おう。すぐ行く」父は手紙を片付け始めた。

書斎から出ていく父を見送った後、ドアを開けて中に入ってみた。気になったのだ。父が見ていたあの手紙が。

新しい手紙ではなかったように見えた。父は夕食時に突然表情を硬くし、逃げるように書斎に入った。そして、あの手紙を読んでいたのだ。あの手紙は一体何だろう。最初に浮かんだのは「脅迫状」だった。父は人気商売だ。どこで誰の恨みを買わないとも限らない。

机の上には手紙はなかった。音をたてないよう気をつけながら、引き出しを一つ一つ探ってみる。一番下の引き出し、プリンタ用紙の束の陰に、手紙が押し込まれていた。

……隠している。間違いない。

私信だから見るべきではない、ということはそれほど考えなかった。もし、父が脅されでもしているなら、家族としては。

手紙を引っ張り出すのに、ためらいはなかった。

第三話　猫に与えるべからず

三学期は短いのだ、と担任の先生が言っていたことがある。一月は行き、二月は逃げ、三月は去るのだそうだ。確かに、気がつけばもう二月も終わり。念のためと称して鞄に入れたマフラーを結局巻かずに持って帰る日が多くなった。

朝、玄関を出ると、予想外に冷たい風が首筋をふう、と撫でた。僕はワイシャツのボタンを上まで留めた。窓から眺めた朝の日差しは白く、眩しく、何かエネルギーに満ちているようで、今日は暖かそうだと油断していた。寒いよ、と言った母が正解だったが、母の言に従ってコートを取りに部屋に戻る気はしない。ただでさえ僕は毎朝、学校など行かずに寝ていたい気持ちを無理にねじ伏せて家を出ているのであり、ここで戻りでもしたら本日の欠席が確定するから仕方がない。外の空気は風がなくともあくまで冷たく、どうやら僕は学校に着くまで、この寒さをこらえなければならないらしい。気が重くなるが、とにかく道に出た。

足が自動的に動くにまかせて通学路を歩く。風が吹き、埃《ほこり》が舞い、虫と植物が一斉に蠢《うごめ》きだしていて、冬の終わりは騒々しい。道行く自動車の音もどこかやかましい。春が近づくと空気が軽くなる。そのせいで音がよく伝わるのだろうか。

風が手加減なしで吹き抜けた。砂埃が顔面にちりちりと当たり、僕は歩きながら目を細めてやりすごす。襟元から入ってくる冷たい空気が辛い。肩や腕にも、制服を透過して冷気が伝わってくる。やはり、コートなしでは無理なようだ。通学路は七つ中三つ目の角を過ぎてもう後半だが、僕は家に戻ることにした。帰りはきっともっと寒い。無理をすれば風邪をひいてしまう。僕は引き返し、小走りで家に戻った。

遅刻じゃないのと非難する母から無言でコートを受け取り、ようやく落ち着いてゆっくりと歩き出す。どうせもう完全に遅刻だ。そう思うと気が楽になり、僕はことさらにゆっくりと歩いた。どうせなら、ホームルームの時だけいないのでなくて一時間目の前半ぐらいはサボってやろうと思い、遠回りをして行くことにした。

しばらく歩くと、鉄のフェンスにのしかかるように茂る、常緑樹の植え込みが現れた。通学路で遠回りする場合でも、コースはいくつかに絞られる。そのどれを選んでも必ず通る、お気に入りの公園である。管理人がいつもいて、夜には門が閉まるから、庭園といった方がいいのかもしれない。朝にここを通るのはいつ以来か、と考えながら、僕は庭園の門を抜けた。街路樹は皆まだ茶色く枯れているのに、庭園の中は深い緑で暗かった。

ちょうどこの時期だった。そう思い出しながら、僕は庭園の遊歩道を歩く。三年前のこの時期、この場所で、中学生の僕は伊神さんの謎解きに立ち会った。

部活をやっていないと放課後は空虚である。僕は最初、仲のいい友達が入るというので一緒にテニス部に入ったのだが、玉拾いばかりで全然テニスができないのでつまらなくなり、そのうちに出なくなった。部活選びは人につられてやるものではないな、と思い知った。そのついでに、幽霊部員という立場がいかにどうしようもないものであるか、も思い知った。部活の友達にはなんとなく見下されている気がして話せないし、今更、最初から幽霊部員だった連中の輪に入るのも気が引けるし、部活関係の話が出るたびに顔をそむけなければならない。

友達がいなければやることもない。やることがないので教室でぼけっと前の席の椅子の背もたれを眺め続けていたり、太陽が沈むにつれてどのくらいの速さで赤くなっていくかを観察してみたり、寄り道して途中の公園で蟻《あり》の巣を眺め続けていたりすることになる。一日一日がただ過ぎていくだけで、目標とか苦難とか感動とかのない生活。他人からはいいなあと言われることもあったが、自分では一体どこがいいのかさっぱり分からなかった。目標とか苦難とか感動とかがない生活というのはつまり、とりたてて楽しいこともない生活ということである。

その生活に、一月ほど前から変化が起こっていた。平坦な毎日に、いい日と悪い日の区別が生まれた。下校時は適当な道をふらふら寄り道しながら帰る僕が、毎日同じ道を通るようになった。自分の髪型が子供っぽく思え、どう変えたらいいかと悩むようになった。

やることのない下校時にしばしば通る庭園だった。やることがないのでぼんやり草木を眺めていることが多く、管理人のおじさんから植物が好きかいと訊かれたことがある。ええまあ、と答えた。別に好きではなかった。

その庭園には小さな池があった。南北二つの出入口を結ぶメインの遊歩道からは外れた端の方にあるせいで、あまり人が通りかかることもない場所である。直径十メートルほどの大きさしかなく、何が棲《す》んでいるわけでもないので、池というより水溜まりである。ただ、そのあたりの茂みに白い猫が一匹、棲み着いていた。ジャックという名前だと、最近知った。猫は特に好きでも嫌いでもない。どちらかといえばどうでもよかった。僕にとってどうでもよくないのは、その猫に会いに来る「お姉さん」の方だった。

午後四時二十分。今日が来る日ならばそろそろいるだろうと思い、僕は庭園の池を目指す。お姉さんは毎日来るわけではなく、平均すると三、四日に一回、というペースらしい。来る日であっても、行く時間が早すぎたり遅すぎたりすれば、いない。仕事の途中か、仕事帰りかに、ジャックに会いに寄るだけのようだ。どんな仕事をしているのかは、具体的には聞けていない。

池に近づくにつれて、足取りがどうしても慎重になる。「お姉さん」が目当てで通っているということは、まだバレないようにしたい。僕はあくまで帰宅途中に寄るだけであり、彼女とは偶然行きあうだけである。だから、できればむこうがこちらに気付いてくれるまで、彼女の存在に気付かないふりをしていたい。しかし、それはなかなか難しいことだった。池の縁のいつものベンチが見えるあたりに来ると、つい足が止まって、様子を窺ってしまう。

お姉さんの姿があった。途端に緊張して、動作が不自然になる。歩く時、自分はいつもどのくらいの速さだったたか。視線はどこか。手は握っていたか開いていたか。みんな忘れてしまう。

僕は多分これで自然なのだろうと思える最良の歩幅でお姉さんに近づく。ベンチに座ったまま、身をかがめてジャックの背を撫でていたお姉さんは、僕の足音に気付いて顔を上げた。

「こんにちは」

「こんにちは。よく会うね」

無言で頷く。これだけのやりとりがいかにも息苦しい。

僕が近づくと、ジャックが弾かれたように立ち上がり、僕から素早く距離をとってこちらを観察した。もこもこと丸いくせに、こういう時の動きは素早い猫だ。

お姉さんは困ったような顔をして「ジャック、平気よ」と声をかける。ジャックはしばらく緊張したまま僕を観察する。お姉さんが再び呼ぶと、僕を疑り深い上目遣いで見ながらようやく戻ってきた。

「もう何度も会ってるのに。怖がりなのね」

お姉さんがとりなすように言う。

「野良猫だから、仕方ないです」

「小さい頃、苛《いじ》められたのかもしれないわね。私にもなかなか馴れなかったわ」

「僕、猫から見ると怖いんでしょうか」

お姉さんは僕を見て微笑む。「そんなことないわよ。馴れていないだけでしょう」

照れてつい頭を掻く。

ジャックを手の中に呼び戻すお姉さんの横顔を見る。

清潔な印象の人だった。白い肌とやや茶色がかった瞳。化粧のことはよく分からないが、たぶんほとんどしていないだろう。結婚指輪はもとより、指にも爪にもいつも何もしておらず、アクセサリーといえば首にかけている小さな十字架だけだった。ファッションでなくて信仰から着けているのだろう。敬虔《けいけん》なクリスチャン、というのは、この人の印象に凄くよく似合う設定だと思う。日曜日には教会でお祈りをしたりするのだろうか。その様子を想像すると、これがまた実にいい。

「こいつ、ずっと野良猫だったんでしょうか。そのわりには綺麗ですよね」

「どうかしら。野良猫でも、綺麗好きな子はいつも毛繕いしてるから」

「野良猫だと、汚いのは汚いですよね」

「気にならない子は気にならないんでしょう。人間と同じくらい、猫の性格もバラバラだから」

いつもこうして猫の話しかできないのだ。お姉さんは猫に詳しく、ジャックのちょっとした仕草や表情がどんな意味を持つかを僕に説明してくれるし、僕が話を合わせようと無理をするから、結果としては当たり前なのかもしれないが。もちろん僕としては、もっと別の話もしたいのだが、今はとにかく話を続けることで精一杯で、話題についてまで工夫する余裕はなかった。

だから僕はまだ、お姉さんの名前も知らなかった。僕の名前も教えていなかった。お互いにまだ「顔見知りの他人」のままである。この点については、失敗したなあ、と思っていた。お互いが顔を覚えたすぐの頃なら、勢いで名前とか、ひょっとすると住所とか電話番号も訊けたかもしれない。名乗らないまま幾度か会って別れてを繰り返してしまった今となっては、あらためて「お名前は」と切りだすのがなんとなくやりにくくなってしまっている。それ以上には進展しない「顔見知りの他人」という関係が徐々に固定されつつあって、お姉さんの方もそれで納得しているように見える。今のところ、僕が悩んでいることの一つはこれだった。

僕はしゃがみこんで手を出し、ジャックを呼ぶ。お姉さんの脚のむこうに隠れたジャックは名前を呼ばれてぴくりと反応しはしたが、相変わらずいつもの疑り深い目で僕を見たまま、こちらに寄ってこようとはしなかった。お姉さんが呼べば来るのに、僕には一向になつく気配がない。

もともと警戒心の強い性格のようだ。お姉さんが言う通り、子猫の頃に人間に苛められた記憶があるのかもしれない。庭園内が縄張りであるらしく、暖かい場所を巧みに見つけて気持ちよさそうにくつろいでいる姿をよく見かけるのだが、見える範囲に人が近づくと、どんなにくつろいでいてもさっと身構え、五、六メートルの距離に近づくと全速力で走って逃げる。名前を呼べば耳を立てて振り返るが、呼んだのが僕だと分かるとやはり逃げてしまう。

可愛くないやつだ。そしてこのことがもう一つの悩みの種でもある。僕自身は別に、猫に好かれようが嫌われようがどうでもいいのだが、いつまで経ってもジャックになつかれない僕が、お姉さんの目にどう映っているかが心配なのである。動物は本当にいい人とそうでない人を見分ける勘を持っていて、それで僕になつかないのだとしたら、これは悲しい。そしてお姉さんの目にもそのように映っているのだとしたらまずい。お姉さんが好きな猫に嫌われる僕が、はたしてお姉さんに好かれるものかどうか。そこが不安だった。

僕は時折顔を上げてお姉さんと会話をしながら、しゃがんだままジャックを呼び続けた。しばらくして、お姉さんは腕時計を見ると、僕に挨拶して去っていった。「さよなら」の一言を僕に向けて言ってくれる、それだけで嬉《うれ》しくなる。

しかしジャックの方はというと、結局僕には近づいてこないままだった。


「お姉さん」とはすでに五、六回会っていることになる。お姉さんはいつも池のベンチに腰かけて、ジャックに話しかけたり、植え込み越しに庭園の外を眺めたりしている。その場所にいるのはいつも三十分くらいなので、運がよくてもそのくらいしか話をすることはできない。それではなかなか親しくなれないから、来ているときはなるべく毎回会いたいのだが、それもけっこう難しいのだ。お姉さんは決まった曜日に来るわけではないし、一週間来ないこともあった。きっと仕事が忙しいのだろう。

どんな仕事をしているのだろう、と考えたこともあった。家はどこで、歳はいくつで、兄弟姉妹はいるのか。それより恋人はいるのか。お姉さんについては何も分からず、僕は想像をめぐらすしかなかった。いつか訊く機会があることを願って、今はとにかく会う機会を増やすしかないと思った。

その日は、わりと長く話ができた。僕が先に来ていたからだ。僕はジャックになんとかなついてもらおうと、茂みの中に向かって何度も呼びかけていた。そこにお姉さんが来た。お姉さんは笑顔だった。「どう？　なついてくれた？」

「駄目です」

「頑張ってるみたいね」

必死に呼んでいるところを見られていたらしい。少し恥ずかしくなる。お姉さんはベンチの脇にしゃがんで、「ジャック、おいで」と呼んだ。ジャックは僕を警戒して動かなかったが、僕が一歩下がると、ようやくそろりそろりと茂みから出てきた。

「もう。このお兄ちゃん、怖くないのよ？」

ジャックの顎《あご》の下を撫でながら、お姉さんが言う。

ジャックが怖がるのでお姉さんとはいつも多少、距離をとらなければならない。それをもどかしく思いながら、僕は話をした。今日はいつもと違う会い方をしたから、いつもと違うことが起こるかもしれない、という期待があった。

そして確かにその日、いつもと違うことは、起こった。これまではお姉さんと会っている間に、誰かがここを通ることなどなかったのに、背後に足音がしたのだ。

振り返ると、伊神《いがみ》さんがいつの間にか僕の後ろに立っていた。

「伊神さん」

「君がこんなところにいるとはね。何をやってるの」

伊神さんはいきなり困る質問をした。まさかお姉さんに会いに来てます、などとは言えない。

「ええと、」僕はうろたえ、答えた。「猫を見てます」

「猫を見に来たの?」

あまりつっこまないでほしい。「ええ……まあ」

伊神さんはお姉さんに「どうも」とだけ言って、ベンチの前にしゃがんだ。ジャックに呼びかける。「ジャック、近《ちこ》う寄れ」

僕は、少し優越感を覚えながら言った。「呼んでも来ませんよ。怖がりだから」

しかしジャックは来た。とことこと伊神さんに寄ってくると、当然のように抱き上げられた。ジャックを抱く伊神さんにお姉さんが歩み寄る。お姉さんは無言で、伊神さんの腕の中におさまっているジャックを撫でた。

「……猫が好きなのね」

お姉さんが伊神さんに話しかける。伊神さんは、ふっとお姉さんの顔を見ると、それからどこかつまらなそうに「それなりに」と答えた。それから伊神さんは、僕から見ると羨《うらや》ましいほど自然にお姉さんに訊いた。「よくここに来られるんですか」

「ええ……まあ」お姉さんは曖昧に答えた。間を置いて、「気分転換に」と付け加えた。

「お仕事の合間に? どちらにお勤めで」

伊神さんはすんなりと訊いた。答えるお姉さんの方も、すんなりと答えた。笑顔だった。

その日はもう、僕はお姉さんと話ができなかった。伊神さんとお姉さんがにこやかに話しているのを、一歩離れて見ているだけだった。三人でいても、明らかに僕だけが蚊帳《かや》の外だ。それが分かったから、お姉さんはおろか、伊神さんに話しかけて話に参加することもできなかった。ジャックは伊神さんにおとなしく抱かれている。お姉さんは伊神さんに歩み寄り、時々ジャックの背を撫でる。僕も真似をしようとしたが、僕が手を伸ばしただけでジャックは警戒して身を強張らせた。僕はもう、二人に近づけなかった。

疎外感に呆然としたまま突っ立っていると、いつの間にか日が翳《かげ》ってきていた。伊神さんはそれに気付いて顔を上げると、「僕はそろそろ」と言ってジャックを下ろした。お姉さんも時間の経過に気付いたようで、さっと腕時計を見た。ジャックはというと、伊神さんの腕の中で寝ていたらしい。下ろされて、きょとんとした顔で伊神さんを見上げていた。お姉さんは去り際、僕にも挨拶してくれたが、それはいかにも「おまけ」のように感じられた。

伊神さんは去り、お姉さんも去った。ジャックは棲《す》み処《か》である茂みの中に消えた。残された僕は、日が暮れて寒々と沈んだ庭園に、棒切れのようにしばらく突っ立っていた。

それから不意に、居ても立ってもいられなくなり、僕は走って伊神さんを追った。庭園を出たところでつかまえた。

「伊神さん」

伊神さんはいつもの無表情で振り向く。背の高い伊神さんからは見下ろされる形になるので、僕はのけぞり気味に少し後じさる。

「……この公園、よく来るんですか?」

「寄ることはあるけど」

「じゃあ、よく……会いますか? あそこであの人と」

「いや。僕以外があそこでくつろいでるのは初めて見たけど」

いきなり訊きすぎた、と思い、伊神さんの表情を観察する。しかし伊神さんは無表情なので何を考えているのか分からない。僕を見る目が、僕の心中をどこまで見通しているのかも分からない。

「君は何を気にしているの」

「いえ、別に」

ごまかす余裕もなかった。僕は適当に挨拶をして逃げた。


家に帰ってもベッドに倒れ込んだまま、落胆でしばらく動けなかった。

伊神さんを恨んだ。せっかく二人きりだったのに、どうして察してくれないのか。もっとも、あの人にそういう配慮を期待する方が間違いなのかもしれないが。

それに、伊神さんは嘘をついている。ジャックは野良猫だ。ジャックと呼んでいたのはお姉さんと、お姉さんから聞いた僕だけのはずである。なのに伊神さんはジャックの名前を知っていた。つまり、伊神さんはあの場所ですでにお姉さんと会ったことがあるはずなのだ。なのに、そのことを隠している。それはなぜか。つまり、お姉さんと会ったことがあるということを、僕には知られたくないというわけだ。

自分と伊神さんを比べてみた。どうやっても、敵《かな》うわけがない、と思った。顔や身長はいうに及ばず、知性、教養、喧嘩の強さまで段違いだ。本人は気付いていないようだが伊神さんは女子にもてるし、大人っぽく見えるからお姉さんと並んでも違和感がない。対する僕は中学生丸出しの外見。お姉さんの歳は分からないが、彼女から見て僕が子供すぎるのは明らかだ。僕がどんなに背伸びをしても、お姉さんにはせいぜい可愛い弟ぐらいにしか見えないのかもしれない。僕は自分でそう考え、自分で落ち込んだ。僕はお姉さんとは吊りあわない。伊神さんの方がよっぽど吊りあう。

ジャックはそのことを知っていたのかもしれない。ジャックはお姉さんになついている。伊神さんにもなついている。僕にはなつかない。お前は部外者だ、邪魔者だ、と、僕に言っているのかもしれない。実際、ジャックを抱く伊神さんにお姉さんが並んでいるところは、赤ん坊のいる夫婦のように見えた。ジャックがなつかない僕は、その輪の中に入る資格がない。

伊神さんはともかくお姉さんがどういう気持ちなのかはまだ分からないわけだから、諦めるのは早いと思った。しかし、どうしていいかも分からなかった。飲むと十年分くらい大人になれる薬があれば、魂《たましい》を売ってでも手に入れるのに、と思った。背が伸びるトレーニング法でも知っていれば、毎日二十四時間やるのに、とも思った。そんなものはなかったから、どうにもならなかった。どうせ駄目だ、という心の声が無限に脳裏に反響した。

何でもいいから、伊神さんと張りあえる何かが欲しかった。そうでなくても、少なくともあの二人の輪の中に入りたかった。だが現実には、僕だけが子供で、とりえがなく、身長が低く、ジャックに嫌われていた。この状況をなんとかしたかった。

……ジャックがなつかないから。

僕はあの時、そう思ったのだ。

僕は夕食後、こっそり家を出て庭園に向かった。

庭園は夜には門が閉じられ、立入禁止になる。昔は開放していたはずだが、以前、ここに住んでいたホームレスの男性が不良少年に暴行を受け、殺されるという事件があって以来、管理が厳しくなったらしい。今でも管理人のおじさんが、決まった時刻に巡回する。見つかると怒られるので、僕は巡回の時刻を避け、音をたてないように門を乗り越えた。

冬なお生い茂る木々がシルエットになって沈黙している。自分の呼吸音が聞こえ、吐く息の白がかすかに闇に浮かぶ。玉砂利を踏む僕の足音が遠くまで響いているのが分かる。夜の庭園は暗く、足元が見えずにつまずくことが何度かあった。一定間隔で街灯は設置されているが光が弱く、また樹木に遮られて光が届かないのだ。

池のベンチに着いて、ジャックを呼んだ。何度目かで、茂みの中に動く二つの目が見えた。ジャックの目は警戒心で光っている。持参してきた餌を袋から出し、地面に広げる。

「ジャック、おいで」

ジャックは動かなかった。そこに餌があることはちゃんと確認しているのに、僕を警戒して近づいてこようとしない。僕は餌から離れようと一旦は立ち上がりかけたが、思い直して餌の脇に腰をおろした。餌を食べただけでは駄目なのだ。僕に近づいてもらわなければならない。

「おいで。大丈夫だから」

僕は何度もジャックを呼んだ。刺激しないように、まずは楽な姿勢をとり、座ったままなるべく動かないことにした。ジャックが来るまで粘るつもりだった。

ジャックは動かなかった。僕も動けなかった。楽な姿勢で座ったはずなのに、すぐに足が痺《しび》れてきた。動けないので、痺れるにまかせた。家を出る時はそれほど感じていなかった寒さが、コート越しにじわりと浸透してきた。座ったままで動かずにいるから、体が冷えてきている。それでも僕は、我慢して動かなかった。ジャックは今、悩んでいるはずなのだ。目の前の餌は欲しい。だが人間が近くにいる。あの人間は安全だろうか？

だから、今が正念場なのだ。ここで我慢すれば、きっとジャックは安心してくれる。

座ったまま身動きができないので、体をさすることすらできない。僕は体の各部に力を入れたり抜いたりしながらなんとか寒さをこらえた。背中はとっくに冷たくなっていて、耳も痛くなってきている。今夜は意地悪なほどに冷え込みが厳しい。それでも僕は耐えた。足の痺れが尻にまで広がってきた。

何時間にも思える時間が過ぎた後、ジャックは動いてくれた。首を突き出してこちらを窺いながら、しかし確かな足取りで茂みから歩き出す。並べられた餌の、僕からは一番遠いものに辿り着き、上目遣いで僕を見ながらがつがつと食べ始めた。僕が動かずにいると安心したようで、食べながら徐々にこちらに近づいてきた。

そのうちに僕の脇まで来た。食べるのに夢中になってつい近づいてしまった、というような近づき方だった。猫なりに、そういう演技をしているのかもしれなかった。僕の脇まで来て、ジャックはひょいと僕を見上げ、青く光る目で僕の目を見た。

――あんたは信用していいのか？

僕は小さく答えた。

「大丈夫だよ」

ジャックはまた下を向いて餌を食べ始めた。がふ、がふ、と息を漏らしながら、さっきまでより集中して食べ始めたようだった。初めて、ここまで近づいてくれた。僕はほっとした。希望が湧いてきた、と思った。

今思うとどうにもピントがずれた考えだったというしかない。諦めきれない僕は餌を持参して、まずジャックになついてもらおうと思ったのだ。ジャックがなついてくれればそこから突破口が開けるかもしれない。そう思っていた。何より、せめてそれぐらいは伊神さんと対等になりたかった。

食べ終えたジャックは、僕を見上げた。そして短く、にゃん、と鳴いた。ごちそうさま、と言っているらしい。意外と礼儀正しいやつだ。僕は答える。「おそまつさまでした」

ジャックは驚くべきことに、僕にすり寄ってきた。座った僕の脇腹に頭をこすりつけ、温かい背中を押し当ててから、尻尾をちょいと絡ませた。お姉さんに対していつもやっている挨拶だ。

僕は嬉しさで、ほうっ、と息をついた。

だがその日が、僕が生きているジャックに会った最後の日だった。

翌日の朝、僕は庭園で伊神さんを見つけた。伊神さんは池を見下ろして何か喋っていた。独《ひと》り言にしては派手すぎると思ったら、その陰に管理人のおじさんが腕を組んで立っていた。

「他殺ですね。間違いなく」

最初に聞き取れた台詞《せりふ》はそれだった。僕が歩いていくと伊神さんはちらりとこちらを見たが、また池の水面に視線を戻して管理人のおじさんに話を続けた。

伊神さんの視線を追って水面を見ると、中央に白い猫が浮かんでいた。脱力したように四肢《しし》を緩く曲げ、その形のままで水面に浮かび、ゆるやかに回転していた。

「ジャック……」

呟いた僕を見ないまま、伊神さんは平静な声で言う。

「今朝七時三十分頃、安西《あんざい》さんが見つけた」

安西さんというらしい管理人のおじさんが頷く。「ここに棲み着いてた猫だよねえ」

伊神さんは水面を見たまま、はっきりと言った。

「他殺だ。それも人間による」

僕は驚いて伊神さんを見た。「……人間による、って」

「この状況なら当然だろう」伊神さんはまだ視線を動かさない。ジャックの死体を観察しているようだ。「安西さんが発見した時、すでにこの状態だったらしい。猫は誤って池に落ちることはあっても、こんな小さな池から上がれないほどに泳ぎが下手なわけじゃない。それに外傷がない。したがって鴉《からす》などの外敵の仕業でもない」

僕の視線には全く無頓着なまま、独り言のように伊神さんは続ける。「池に転落して上がれないほどすでに弱っていた、ということもない。猫は自分の死期を知っている。弱っていることを自覚していたら、こんな人目につく場所に出てきはしない」

そういう話は、聞いたことがあった。猫は死ぬ直前になると、どこかに隠れてしまうものらしい。

「それにしても少し奇妙だ」伊神さんは池の縁に寄り、ジャックの死体に手を伸ばす。届かないと知ると、驚くべきことにざぼん、と音をたてて、まともに池に踏み込んだ。池の水面が荒々しく崩れる。呆気にとられる僕と安西さんを尻目に、伊神さんはジャックの死体を引き寄せ、ブレザーの袖にぼたぼた水滴をこぼしながら抱え上げた。ジャックはすでに硬直しているようで、抱えられても肢の形はそのままだった。首だけががくん、と垂れた。

「池の底には何もなし……か」びちゃ、と音をたてて伊神さんが池から足を抜く。安西さんが「おいおい、ちょっと」と言ったが、伊神さんは全く聞こえない様子でジャックを地面に横たえ、その口の中に指を突っ込んだ。

「伊神さん、何を」

「検視だよ」

片肢と袖から玉になった水滴をぼろぼろ滴らせながら、伊神さんは平然と答える。ジャックの口から引き抜いた自分の指を眺め、今度は手でジャックの口を開けた。覗き込み、眉をひそめた。

安西さんが僕に訊く。「いつもこんなんかい？　彼は」

「いえ、変人って言ってる人は、いるみたいですけど」

小声で囁《ささや》きあう僕と安西さんに構わず、伊神さんはぶつぶつと言っている。「外傷なし、骨折なし、嘔吐《おうと》、吐血等なし。死因が分からないな。急死とは言いきれないし、それほど時間をかけて弱っていったということでもなさそうだ。顔からすれば、それほどの苦痛はなく死んだようだが……」

それを聞いて少し安心した。しかし死因が分からないと言う。大抵のことは知っていて、知らないことも推理して補ってしまう伊神さんが「分からない」とはっきり言うのは、何か違和感があった。

「昨日の夕方はいつも通りでしたよね。いつ頃こうなったんですか？」

「分からない。昨日の夕方から、安西さんが発見した七時半頃までの間……猫の場合、死後硬直がどのくらいの速度で進行するのか、ちょっと知らないんだよね」

人間なら知っているらしい。

僕は昨夜、ジャックに会っている。家に戻ったのが十時過ぎだったから、その後であることは間違いない。そのことを伊神さんに言おうかどうか迷っていると、安西さんが先に口を開いた。

「昨日の間じゃねえな」

僕と伊神さんは同時に安西さんを見る。安西さんは自信ありげに、もっともらしく腕を組んで頷いた。

「いつも零時に見回りするんだよ、俺が。池も見たけどさ、その時はいなかった」

「深夜だとこの公園、かなり暗いはずですが」

伊神さんの言葉にも安西さんは動じない。「いや、見えたよ。ライトで照らしたよちゃんと。白猫だしなあ。いくらなんでもこんなのが浮いてりゃ分かるよ」

「おおむね、今日の零時から七時半の間……」伊神さんはその情報を噛みしめるように数秒、沈黙し、それから僕を見た。「君、その間何してた」

「家にいましたよ。もう寝てました」

「今朝は」

「さっき家出たばかりです！　うちの母さんに訊いてくださいよ」

つい大声になる。しかしそのついでに思い出す。今は何時だ。携帯を出してみたら八時五分を回っている。走らないと遅刻する時間だった。

「すいません僕、遅刻するんで」

「ああ」伊神さんはあらぬ方向を見つめたまま生返事をした。

「伊神さんは」

「ああ」また生返事だった。

伊神さんの遅刻を僕が心配することもない。僕は黙って行こうとしたが、そのまま動こうとしない伊神さんにもう一つ訊いてみた。

「……ジャックは、どうしましょう」

安西さんが言った。「俺が埋めとくよ」

「お願いします」

伊神さんは感情を込めないまま、それだけ言った。

その一言で、ジャックの埋葬は安西さんに委ねられてしまった。立場上は確かにそれが筋かもしれないが、僕は伊神さんの態度に驚いた。伊神さんはジャックが死んだというのに、感傷らしきものを全く見せない。そもそも少しでも何か感じるものがあるなら、口に指を突っ込んだりして「検視」なんてできないはずだ。

伊神さんは腕を組んだまま動かず、かなり集中して何か考えている。足元に小さな水溜まりができているのだが、それも気にしていないようだった。寒さの感覚もないのかもしれない。

僕は庭園を出て、そのまま伊神さんの家に向かった。さっきの伊神さんの様子を見て、急に確かめたくなったことが一つ、あったのだ。今から行くとなるともう完全に遅刻なのだが、それはとりあえずいいことにした。

昨夜ようやくなついてくれたばかりのジャックの死を考えた。せっかく可愛く思えたところだったのに、なぜこんなことになったのか。ひどく理不尽だが、いくら理不尽だと思ってもジャックは生き返るわけではないのだ。気持ちはただささくれ立つだけで、しかし出口はなく、無性にいらついた。たぶんそのいらついた気持ちが、僕にこんな突飛な行動をとらせているのだろうと思った。伊神さんの冷徹な、というかほとんど冷酷なといえるほどの態度を見せられて、いらつきがそちらに向かっていた。筋違いだ、というのは分かっていたのだが。

伊神さんの家までは、歩くとけっこう距離がある。早足で階段を上り、玄関前に着いた頃には少し汗が出てきていた。チャイムを鳴らすとすぐにドアが開き、伊神さんのお母さんが顔をのぞかせた。中学生がうろうろしている時間ではないことは承知している。変に思われるかもしれないが、とにかく、訊くべきことを単刀直入に訊いた。

「伊神さんは昨夜、どこかに出かけませんでしたか？」

「あら」

伊神さんのお母さんは、どうして知っているのか、という表情をした。

「出かけたんですね？　それも、十二時を過ぎてから」

「ええ。でも黙って出ていったから……どこに行ってたか知ってる？」

「いえ、知りません」

嘘だった。僕は知っているのだ。伊神さんがどこにいたか。

だから僕は、こう答えておいた。

「伊神さん、彼女できたみたいですよ。年上の。三十歳くらいかも」

伊神さんのお母さんは目を丸くした。声色が変わり、早口になった。

「ちょっと、本当に？　恒《こう》ちゃんから聞いたの？」

「いえ、見ただけですが」

伊神さんのお母さんの反応は予想以上だった。母親というのはどうも、息子の彼女が年上だと気になるものらしい、ということは、後で知った。「三十歳くらい」などと聞けば尚更だろう。もっとも父親の場合はもっと極端で、娘の彼氏は年齢に関係なく気になるらしいけど。

「昨夜も会ってたのかもしれませんね」

質問攻めにされそうな雰囲気を感じ取り、僕はそれだけ言い残して逃げた。もちろん、事実と違うことを言っている、というのは分かっていた。

伊神さんは昨夜、別にお姉さんと会っていたわけではない。

それから数日間、僕は放課後になるとすぐに庭園に向かい、お姉さんを待った。お姉さんはなかなか現れなかったが、僕は庭園に通った。早く、お姉さんと話す時間が欲しかった。

お姉さんが今度池に来たら、どうなるか。僕は想像する。お姉さんはいつものようにジャックの名を呼ぶだろう。そして、すぐに顔を出すはずのジャックが現れないことをいぶかるかもしれない。

それから？

それからどう思うだろうか。それが分からない。今日は諦めて、また会えるだろうと思って帰るだろうか。それとも捜し回るだろうか。捜し回って、ジャックがどこにもいないことを知ったら、どう思うだろうか。お姉さんにとって、ジャックの存在はどのくらいの重さがあったのだろう。考えても、分からない。ジャックにはもう会えないと知った時、お姉さんはどんな顔をするだろうか。猫は勝手だから、と、あっさり諦めてくれるだろうか。あっさり諦めたような顔をしていても、心の中ではどのくらい悲しむだろうか。顔を見ただけで、僕がそれを測れるだろうか？　大袈裟すぎもせず、軽すぎもしない慰めの言葉がうまく出るだろうか？

そして。……気持ちがまた重くなる。ジャックがいなくなっても、お姉さんは庭園に来てくれるだろうか？

普通に考えれば、ノーだ。お姉さんにはもう、庭園に来る理由がない。

……だからこそ、その場ですぐに伝えなければならない。

ジャックが死んだ。そのことをまず伝えなければならない。辛い役目だが、仕方がない。その時の僕の役回りは刑事そのものなのだから。

そしてその後に、伝えなければならない。これからも、これまで通りに庭園に来てほしい、と。

週が変わって六日後の午後四時、ようやくお姉さんが現れた。何も知らない彼女の笑顔が、僕を気後《きおく》れさせ、罪悪感を覚えさせた。ジャックを呼ぼうとする彼女を止めて、僕は言った。

「話があります。……今、伊神さんを呼びます。来るまで待ってくれませんか？」

お姉さんは無言で目を見開いた。「どうしたの……？」

「あの、話が……」

どう言えばいいのか分からない。僕が説明に困っているのを察してくれた様子で、お姉さんは腕時計を見る。「どのくらい待てばいいの?」

「急いで来てもらいますから、三十分くらい……お願いします」

僕は頭を下げた。

「いいけど……ねえ君、どうしたの? 何かあったの?」

お姉さんは僕の突然の申し出にかなり驚いているらしく、声がかすれている。僕は手を突き出してお姉さんを押しとどめる。「あの、来たら話します」

それから大きく息をして勢いをつけると、お姉さんの顔をまっすぐに見た。「全部、話します」

僕は急いで伊神さんに電話をし、呼び出した。伊神さんはすぐに行くと言ってくれたが、それでも十分や二十分はかかる。その間、どうしていればいいのか。そこまでは考えてなかった。

お姉さんは、最初の数分は、どこか居心地悪そうにして立っていた。これから起こることがなんとなく忌まわしいものであることを、直感しているのかもしれなかった。僕はいろいろと質問されたらどうしようかと思っていたが、そうはならなかった。僕の緊張が伝わったらしく、お姉さんも少し硬い表情のまま、ベンチに腰をおろした。それから、ジャックを呼んだ。

もちろん、応えて出てくるものはない。

お姉さんは何度か呼び、それから、「今日はお留守かしら」と呟いた。僕は反射的に言ってしまった。「ジャックはいません」

お姉さんが僕を見上げる。僕は目をそらした。お姉さんの方を向いたまま言う勇気は、とてもなかった。

唾《つば》を飲み込み、しかし間をもたせすぎてはかえってまずい、と焦り、僕は慌ただしく宣告した。

「ジャックはいません。もういません。ええと、この前の木曜日の朝、安西さんが……ええと、管理人さんが見つけたんです。僕もいました。伊神さんも。ジャックは、安西さんが埋めてくれました」

お姉さんが立ち上がった。「どういうこと?」声が切迫していた。

僕はお姉さんの方を見ることができない。不自然に首を固めて、あさっての方向を向いたまま、僕は言う。「ジャックは死んでました。木曜の朝、池に」

お姉さんが黙った。そっぽを向いている僕にはその表情が分からない。——言ってしまった。次に何を言えばいいのか。

しかしお姉さんは、すぐに呟いた。

「……そう。残念」

拍子抜けするほどあっさりしている。冗談かと思い、僕はお姉さんを見た。お姉さんは微笑んで、「野良だから、仕方ないわね」と言った。

それから僕に言った。「残念ね。仲良くなろうとしてたところなのにね」

それだけか。僕は脱力しかけて、しかしそれからすぐに考え直した。それだけのわけがない。

そういうふうに見せているだけに決まっている。

「あの、……」

「埋めてあげたのね？　ありがとう」

お姉さんは胸の前で十字を切った。安西さんに任せた、とは言えなかった。

お姉さんが実際のところ、どれだけ悲しんでいるか、やはり測りようがなかった。それとも、あっさりしているのは演技などではなくて、本心からなのだろうか。もしかして、ジャックの死はもともとたいしたことではなくて、単に僕が騒ぎすぎていたのだろうか。そうだとしたら、とてもじゃないがこの後、ジャックがいなくなっても、などと切りだすことはできない。そういう雰囲気ではないのだ。

僕の一人相撲かもしれない。その可能性については考えたこともなかった。もしかすると、大人になれば、猫の一匹くらい死んでも平気になるのかもしれない。伊神さんもそうなのだとしたら、僕だけが子供、ということになる。これではもう絶望的だ。

お姉さんの表情を盗み見る。内心は分からなかった。

僕が混乱しているうちに、予想よりはるかに早く伊神さんが来た。お姉さんの表情が、また硬くなった。

とにかく、やるべきことはやらなければならなかった。ほとんどやけっぱちだった。

「まず、言っておきます。ジャックは殺されていました。人間に」

僕は宣言した。お姉さんが僕に視線を向ける。僕も視線を返す。照れくさくなったり気後れしたりする前に、一気に言わなくてはならない。

「ジャックはこの前の木曜日の朝七時半頃、管理人の安西さんが見つけました。池に浮いていたそうで、僕と伊神さんもそれを見ました。伊神さんが、ジャックは人に殺された、と言いました」

お姉さんの視線が僕から滑り、伊神さんに向く。伊神さんは無言のままだった。

僕は続ける。「確かにその通りです。外傷がないから、鴉に襲われたわけではないし、病気とかなら池に浮かんでいるわけがないんです。猫は自分の死期を知っていて、死ぬ時は人が来ないところに隠れるものです」

言ってから、これは伊神さんから聞いたそのままではないか、と思った。考えてみれば、猫に詳しいお姉さんも当然、このくらいは知っているだろう。知ったかぶりして説明してしまった。急に恥ずかしくなる。

反射的に俯《うつむ》きながらも、僕は早口で続けた。「だからジャックは誰かに殺されて、池に投げ込まれたんです」

それで、と大きく言って、僕は顔を上げる。お姉さんと目が合い、ちょっと視線が泳いだ。

「安西さんは、木曜日の午前零時頃、見回りをしています。その時にはジャックの……ジャックはいなかったんです。だから、ジャックが死んだのは木曜日の午前零時過ぎから、七時半までの間です」

伊神さんを見る。恐怖感を悟られてはいけない。僕は拳を握った。犯人を指摘する刑事は、冷静でなくてはならないのだ。「伊神さん」

伊神さんは無表情だった。僕は勇気を振り絞り、視線をそらしたくなるのをこらえた。「木曜日の朝、おばさんに聞きました。あなたは水曜日の深夜、どこかに出かけている」

伊神さんは黙って僕を見ていた。無表情である。「何か昆虫を観察しているような目」というより、「何か観察している昆虫のような目」といった方が近い。それほどに無表情だった。

僕は言った。「ジャックを殺したのは、あなたですね。……伊神さん」

伊神さんは答えなかった。少し眉をひそめて、それだけだった。

なぜ、何も言わないのだ。不審に思い、僕は急いで後を続けた。「ジャックは警戒心の強い猫です。名前を呼ばれなければ見向きもしないし、馴れていない人間には絶対に近づこうとしない。ジャックは外傷がなかった。この公園、夜は真っ暗なのに、逃げるジャックを、傷をつけずに捕まえて殺せるのは、ジャックがなついていた人しかいません」

伊神さんは、つまらなそうに鼻を鳴らした。「だから、僕……か」

ようやく反応があった。僕は勢いづいた。「その通りです」

おかしい。いくらなんでもこれはおかしい。僕は混乱した。伊神さんは、なぜこんなに落ち着いているのだ。自分が犯人だ、と指摘されたというのに。

伊神さんの視線が僕の目に食い込んだ。混乱を見透かされたことが、直感的に分かった。

「もう少し、面白い推理を聞かせてくれるかと思ったけど」伊神さんは肩をすくめた。「まあいいや。犯人は僕だよ」

その一言で、僕の頭の中は真っ白になった。それから、電波の入らないテレビと同様に、砂嵐とノイズで一杯になった。

……そんな、馬鹿な。

混乱する僕をよそに、伊神さんはお姉さんに向き直り、頭を下げた。「申し訳ない。故意ではなくちょっとした手違いなのですが」

「いえ、それなら」お姉さんは、見えない壁にぶつかったように、びくりとして少し下がった。それからしばらくの間、無言で伊神さんと見つめあっていたが、不意に穏やかな声になって言った。「分かりました。残念だけど、それは、もう」

伊神さんの表情が硬くなった。何か言おうとした様子で口を開きかけたが、それだけで何も言わなかった。……それじゃ、僕はこれで。それだけ言い、庭園の入口に向かって歩き出してしまう。

僕は何も言えない。どうなっているのか分からない。お姉さんの様子を確認する余裕すらなく、僕は駆け出した。

「伊神さん！」

門のところで伊神さんに追いついた。伊神さんは立ち止まり、無言で振り向いた。

「伊神さん、どういうことですか？」

僕の問いに、伊神さんは初めて、くっくっくっ、と肩を震わせて笑った。何か凄く嬉しそうだった。

笑いをあまりこらえようともせず、伊神さんは僕に言う。「どういうこと、っていうのはどういうことかな？　君が推理したんだ。それを聞いて犯人が罪を認めた。何も疑問に思うことはないはずだけど？」

「それは……」

伊神さんはようやく、笑いを喉《のど》の奥に引っ込めた。「僕がもう少し何やかや、抵抗すると思ったかな？」

「……それは……」

「まあ、そう思っただろうね」伊神さんは楽しげに僕を見る。「犯人は君だもんね」

突然そう突きつけられて、僕は言葉を失った。

「……僕は……」

伊神さんは、言おうとする僕を遮る。声が弾んでいる。「分かってる。分かってるよ。君の母上に訊いたから。君は水曜日、夜の十時には自宅に戻っている。以後は家を出ていない」

「……そう……です」

「そして、管理人の安西氏の証言によれば、ジャックの死亡推定時刻は午前零時以降だった」

「……そう……ですよ。だから……」伊神さんの意図が分からず、続けるべき言葉が分からない。

「でもね、情報はもっと現象学的に処理しないと」伊神さんは難しいことを言った。「安西氏は『ジャックは午前零時まで生きていた』と言っているわけじゃない。『午前零時に見回りをした時、ジャックの死体は見なかった』と言っているだけなんだ」

伊神さんの言っていることがよく分からない。「ですから……」

「もっと言えば、『ライトを当てて池も見たが、ジャックの死体は見えなかった』ということを言っているに過ぎない」

伊神さんは、にやりと笑った。「犯人はあらかじめ知っていた。安西氏が午前零時に見回りに来ることをね。それならば、その時に死体を見つからないようにしさえすれば、自分にはアリバイができる。ついでに、零時以降に僕に電話をかけ、庭園に呼び出せば、僕にはアリバイがなくなる。僕を犯人に仕立て上げることができる」

伊神さんの余裕の正体がようやく分かった。この人はすでに、すべてお見通しだったのだ。その上で、わざと自分が犯人だと認め、僕がどう反応するかを見ていた。

視界が急に開けた。霧が晴れて、周囲を見渡して、僕は初めて、自分が伊神さんの掌《てのひら》の中で飛んでいたことを知った。

そして、伊神さんがいかに強大で、敵わない相手であるかも。

「……分かってたんですね。僕がどうやったかも」

「推測だよ。物的証拠は見つからなかった」

伊神さんはそれがいかにも残念である、という様子で溜め息をついた。もちろん、こういう状況になってしまっては、そんなものはもう、どうでもいいのだが。

伊神さんは短く言った。「一言で言うとこうだね。午前零時の段階で、あの池は凍っていた。ジャックの死体は氷の下だった」

僕も溜め息をついた。「……正解です」

「たまたま凍っていた？　それとも液体窒素でも調達してきて、君が凍らせた？」

「……たまたま、です」


——ジャックを殺す気なんて、僕には全くなかった。僕はただ餌をやっただけだ。

僕に挨拶をしてから、ジャックはなぜか急にふらついた。酔っているのか、と思うような動きだった。どうしたのかと思っていると、ジャックはその場にうずくまった。あまりに様子がおかしいので、僕は意を決してジャックに触れてみた。反応はなかった。ジャックはすでに死んでいた。

なぜこんなことになってしまったのか、皆目見当がつかなかった。やった餌に原因があることは明らかだったが、餌に毒など入っているわけがない。やったのは夕食の残りもので、僕だって同じものを食べたのである。

しかし、原因究明をしている暇はなかった。ジャックを死なせてしまった。大変なことになったと思った。

……バレたら、おしまいだ。まず思ったのはそれだった。隠さなくてはならないと思った。

ジャックの死体を隠して、お姉さんには、ジャックはいなくなってしまったのだ、ということにしよう。そうすれば。

目の前が暗くなった。……そうすれば、どうなるか。ジャックがいなくなれば、お姉さんはもう、庭園には来てくれない。僕との接点はなくなってしまう。

絶望する僕を打ち殺すような勢いで、ごう、と風が吹きつけた。その時に僕は気付いたのだ。風がいくら吹いても、池の水面が揺れていないことに。

自分は今、大変な状況に置かれているというのに、なぜそんな些細なことに疑問を感じたのか分からない。あるいは、絶望した人間は、些細なことを気にして現実逃避をしたがるものなのかもしれなかった。とにかく、疑問に思った僕は、池の水面に手を伸ばした。

冷たい水に沈む感触を想像して伸ばした手は、予想外の固体に撥ね返された。池には一面に、透明な氷が張っていた。闇の中で街灯の明かりを反射する水面は、凍っているようには見えなかった。

そこで、僕の頭に何かが下りてきた。

美術の資料集に載っていた絵を思い出した。画家の背後にぴったりと寄り添う骸骨が、バイオリンを弾いている絵。美術の授業で、これはどんなシチュエーションか、と先生が問題を出した。友達の一人が、アイデアが閃《ひらめ》いた瞬間だ、と答えて先生に褒められていた。

この瞬間、僕の背後で確かに、骸骨がバイオリンをかき鳴らした。

水面に氷が張っているかどうかは、暗くなってしまうと分からないのだ。だとすれば、今夜この池を見る人……例えば管理人のおじさんも、池が凍っているとは認識しないだろう。それならば。

僕は池の端の方の氷を少し割り、ジャックの死体をそこから水中に差し入れた。死体は浮いてこなかった。水面に張った氷の下に入ったのだ。そして、氷の下にあるジャックの死体は見えなくなった。水自体がたとえ透明であっても、暗い水中に沈んだものは、よほど顔を近づけないと見えない。水面が光を反射してしまうからだ。そしてそれは、透明な氷が張っている場合でも同じことだった。管理人のおじさんが池に顔を近づけ、注意深く観察すれば、水が凍っていることと、氷の下に何かがあることは分かるだろう。だがもちろん、見回りの途中でそんなことをするはずがない。

僕は立ち上がり、池から離れた。ジャックの死体は消えた。明日の朝、日が昇れば氷は融け、ジャックの死体は水面に浮かび上がる。管理人のおじさんも見つけてくれるだろう。これで、ジャックの死体が池に出現したのは、午前零時より後、ということになる。

家に帰り、午前零時が過ぎるのを、ベッドの中で待った。携帯を非通知にして伊神さんに電話をかけ、庭園に来るように言った。これで、伊神さんのアリバイは消える。翌朝、僕は早めに家を出て、庭園に向かった。ジャックの死体発見を確認し、管理人のおじさんに話を聞いて、ジャックの死亡が午前零時以降である、という「事実」を覚えてもらうつもりだった。意外なことに伊神さんがいたが、計画に支障はなかった。

あとは簡単だった。伊神さんの家に行って、伊神さんのお母さんから、伊神さんが零時以降に出かけていた、という証言をとればいい。今度、お姉さんと会ったら、ジャックが誰かに殺されたことを伝える。

そして、その犯人が伊神さんである、という推理を、お姉さんの目の前でするつもりだった。伊神さんは必死で否定するだろう。しかし、ジャックがなついていて、なおかつ零時以降に外出した伊神さんは、どうみても犯人に見えるはずだった。外出したのは不審な電話で呼び出されたのだ、などと弁解してくれれば、さらに都合がよかった。追いつめられた犯人の悪あがきにしか見えないからだ。

そして、伊神さんが印象を悪くして退場したところで、お姉さんに言うつもりだった。ジャックがいなくても、ここで会いたい、と。ジャックが死んでいる以上、チャンスはもうそれしかなかった――

「たまたま凍っていた、のか」伊神さんは少し残念そうだった。「まあ、あの晩は確かに寒かった」

「そこまで分かっていたなら、どうして何も言わなかったんですか?」

「君が今した話を聞きたかった」伊神さんはやれやれ、という様子で首を回しながら答えた。「君の性格からすれば、たとえ僕が真相を言い当てても、素直に認めるとは思えない。なんとか、自分から語ってくれるようにしたかったんだよね」

つまり、僕は今なお、伊神さんの掌の中にいるわけだ。

「……でも、あの人に誤解されたまま……」

「別に、それは構わない。君こそ誤解している」

「じゃあ……」

「馬鹿馬鹿しい」

僕の一人相撲だった、というのか。

「でも」僕は伊神さんにすがるように訊いた。「それならなんで、伊神さんはジャックの名前、知ってたんですか？　あの名前を知ってるのは僕とあの人の二人しか」

「あれは僕がつけたんだよ。あの人は、表を通りかかった時にでもそれを聞いてたんだろう」

そういえば、何かの本で読んだことがあった——恋をすると、相手のまわりの男すべてが恋敵に見える。

安堵感が広がる。……そう、確かにジャックは、お姉さんよりもさらに伊神さんになついていた。

伊神さんは、さて、と言って庭園を振り返った。「僕はもうここには来ない。あとは好きにすればいい」

……好きにすればいい。そう、言われても。

伊神さんは去っていった。

残された僕は、どうにもできなかった。分かっていたのだ。僕はまだ中学生。まだ子供すぎる。だから。

僕は庭園に駆け戻った。

あれ以来、僕は伊神さんには会わなかった。もともと直接のつながりはなく、兄にくっついて遊んでいる時に相手をしてもらっていただけなのである。だから、あの日のことを報告する機会はなかなかないだろう、と思っていた。伊神さんの住所や電話番号は兄から聞いて知っていたから、しようと思えばできたのだが、そこまですることもないか、と、いってみれば先延ばしにしていたこともある。

だから、池のそばに佇《たたず》む伊神さんを見つけたときは心底驚いた。これが運命というやつか、と思った。

伊神さんは僕が近づくと、水面に視線を落としたままでだしぬけに言った。「浦和《うらわ》虎彦《とらひこ》君、だね」

「どうもっす」

言い当てられて思わずのけぞった。相変わらず、後ろに目がついているようなところがある。

「三年ぶりだね」

「どうしたんすか。こんなところで」

「そうだねえ……」答え方を考えているらしく、伊神さんは視線を空に向けた。「……まあ、報告、かな」

「はあ」僕は周囲を見回す。誰もいない。「……ジャックにですか」

「……そんなところだね」伊神さんは微笑んだ。「それよりも、君の方こそどうしたの。背が伸びた。声も喋り方も違う。そういえば最近、浦和の家に行ったけど、君はいなかったね」

「中二の時、声変わりしたっす。それから、高校で陸上部入ったっす」

「そういえば浦和が言ってたか。弟が八百メートルにハマった。あんなきつい競技をよく好き好んでやる」

「そりゃねえっすよ。やってみるとハマるっすよ」

「君の兄にもそう言っておいた方がいいね。やつは最近、太りすぎだ」

僕はベンチに腰かけた。伊神さんも隣に腰かけた。

「あのう、俺も……報告があるんすけど」

伊神さんは無言である。返事はないが、聴く態勢ではあるらしい。僕は言った。

「……結局あの後、あのお姉さんに謝りに行ったんすよ。俺がやりました、つって。そしたら、勇気を出したのね、偉い、って。……バレてたっす」

自分で言うのはどうしても照れくさく、僕は頭をがりがり掻いてごまかした。

謝りに行って、思い知った。やはり、あまりに自分だけが子供だったのだ。そう理解した僕は、お姉さんのことは忘れることにした。十年早く生まれていれば、と悔やむことはあったが。

「そうか」伊神さんは、ふっ、と微笑んだ。それから僕を見て、少し首をかしげた。

「何すか」

「高校に、君に似た後輩がいる」

「そうすか」

「君よりははるかに貧弱だけどね。……いや、彼のことはどうでもよくて」

「はあ」

「一つだけ確認したいことがあった。……君、夕食の残り、って言ってたけど、ジャックに何食べさせたの？」

「……ハンバーグっす。肉だから、と思って」

そういえば、ジャックの死因は結局、不明なままだった。僕はそれを思い出したが、伊神さんは苦笑した。「そりゃ、死ぬよ」

「そうなんすか？」

「ハンバーグには玉葱《たまねぎ》が入っているし、大抵大蒜《にんにく》も入っている。いずれも溶血作用があるから、猫は貧血を起こす。場合によっては短時間で死んでしまう」

「うわ」僕は頭を抱えた。「知らんかったあ」

人間が食べられるものなら猫も当然大丈夫、と思っていた。甘かった。やつらは別の動物なのである。

「悪いことしたっす」

うなだれる僕に、伊神さんが言う。

「まあジャックも、今頃はそこら中に遍在《へんざい》しているだろう。手でも合わせておきなよ」

僕と伊神さんは並んで、池に向かって手を合わせた。風が吹き、水面がかすかに揺れた。

断章3

ベランダにこそこそと出て煙草に火をつける。建物内はもちろんのこと実際は敷地内全域が禁煙なので、本当はベランダで吸うことも許されないのであるが、それでは喫煙者が窒息死するということで、二階職員室外のベランダが事実上の喫煙所とされている。本人が吸いながらでは生徒に「煙草はやめろ」などと言っても全く説得力がないから教育上は望ましくないといわれるが、反面「煙草を吸うとこんなに肩身の狭い思いをすることになりますよ」と、身をもって生徒に教えているともいえる。そうやって自分をごまかしつつ吸っている。

首をすぼめて煙を吸い込みつつ眼下の裏門に目をやる。つい先程の奇妙な訪問者が帰っていくところだった。学校というところは、時折よく分からない訪問者が来るのだ。一体、彼女の目的は何だったのか。

制服と鞄の校章は確認している。愛心学園の生徒だった。氏名をはじめ氏素性《うじ》の一切を答えず、用件を告げただけだった。

上を向いて煙を吐き出す。……おれの対応はまずかっただろうか。

普通なら追い返すべきだろう。なぜ信用してしまったのか。それがよく分からない。教師の勘といえば聞こえはいいが、要するにただの無思慮である。おれは昔からそういうところがあった。若い頃は型にはまった教育など真っ平だといきまいて、破天荒を気取って随分馬鹿をやった。あの頃は勘と勢いで仕事をしていた。きっとまだ、その頃の癖が抜けていないのだ。携帯灰皿をポケットから出し、いかんなあ、と思いながら煙草をもみ消す。教員の仕事には子供の一生がかかっている。「癖で、つい」では済まされない。

室内に戻る。煙の臭いにいつも顔をしかめる中畑《なかはた》教諭に目線で詫びつつ机につく。引き出しの奥を探ると、二年前、ある生徒から来た年賀状が出てくる。

すべての生徒に平等に接するのは基本中の基本。だが、何かで測ったかのように数年に一度必ず、記憶に残る生徒というのが現れるのだ。それは特に個性的な生徒だったり、私生活の深くにまで関わったためつきあいが深くなったりという事情が多いのだが、この生徒はその両方だった。抜群に優秀なくせに手を焼かせ、人間同士のぶつかりあいをとことんまで強《し》いられた。おかげでおれも教員として、また一回り成長させてもらった。

年賀状の文字を見る。本人の人柄をそのまま具現化したような癖のある字だ。そっけない文面だが、こいつがわざわざ賀状を書いてよこしたというのがそもそもそれだけで大事件なのである。だからまだとってある。

つい溜め息が出る。

……伊神よ、お前今度は、何をやったんだ？

第四話　卒業したらもういない

OB・OGというやつは通常、年に何回くらい母校に来るものなのだろう。

まさか毎週のように来るということはありえない。文化祭とか、イベントの時は呼べば来てくれる気がする。そうでなくとも、二、三ヶ月に一回は来てくれるものなのだろうか。

もちろん、ゼロということも充分ありうる。現に僕自身、卒業してから中学へは一度も行っていない。顔を見たい後輩はいるがわざわざ行くほどではないし、行ったら行ったで居心地が悪そうだ。僕からしたら、卒業した以上、母校にはもう居場所がない。後輩にしても、卒業したはずの先輩が上の方からばさばさ下りてきてはやりにくいだろう。そう思うと遠慮が勝ってしまい、自然と足が遠のく。

もっとも、それは僕の話だ。中学と高校は違うのだし、僕と伊神《いがみ》さんは違う。およそ遠慮というものがない伊神さんのことだから、後輩への遠慮ゆえに、などということはないだろう。あの人はどちらかというと、無関心ゆえに来なくなる気がする。もう卒業したから、と言って。

僕はその日、朝からずっとそういうことを考えていた。別に、頭から離れなかった、というほどではないのだが、結果的にはずっと考えていた気がする。

三月十二日。伊神さんは今日、卒業する。

卒業証書授与。音量を控えたショパンの荘重な静けさの中に、凛《りん》とした発声が一つ、また一つと続く。呼ばれる前にあたふたと立ち上がる人、答えながらのろくさと立ち上がる人。一人一人は個性的に、呼名をしっかり受け止めてまっすぐに答え、それから悠々と立ち上がる人。

西島《とりしま》、健太。はい。中川、誠司。はい。中根、亮。はい。

しかし全体では崩れぬ速度でもって、黒の集団はゆっくりと波打つ。

前田、彩。はい。丸本、美穂。はい。渡辺、泉美《いずみ》。……はい。

この学校には、名前も知らない三年生がこんなにもたくさん存在していたのだ。僕はまずそのことに驚いた。知っている三年生の顔を順に思い浮かべてみる。写真部の鈴木先輩、山岳部の眼鏡の先輩、吹奏楽部のお姉様方数名。そして伊神さん。浮かぶのはそれだけで、知っている人にしても、それほど頻繁に顔を合わせていたわけではない。大抵は廊下や購買室ですれ違って挨拶を交わすくらいだし、放課後時々喋るくらいだ。三年生は三学期になったら受験の準備であまり学校に来ないから、今日にしたって久しぶりに顔を見た、という人がほとんどである。仮に会うのが今日で最後になったとしても、それほどの違和感はない、と思う。

三組。……女子。折笠、夏美。はい。川原、馨《かおる》。はい。川俣《かわまた》、愛美《まなみ》。はい。

周囲を見回す。二年生は分からないが、一年生は皆、平然としているようだ。夏、あるいは文化祭を最後に早々と部活を引退してしまう三年生は、一年生にとっては少し遠い存在である。あの人とどんな会話をしたかなあ、とあらためて考えてみると、何一つ思い出せない人もいる。三年生にとっても、一年生は直接触れあう相手ではない。部員としての最後の季節。下級生の世話は二年生に任せ、自分の三年間を全力で締めくくるのが三年生の部活動だからだ。僕たち一年生にとって、先輩といえばそれは二年生のことを指す。だから三年生の卒業には、それほどの感慨はない。はずだが。

……男子。朝倉、大樹《たいじゅ》。はい。有吉、真。はい！　飯田、拓也。はい。

——伊神、恒《こう》。……はい。

伊神さんが立ち上がった。あの人も卒業するのだ、と思った。

この一年間の記憶が濁流《だくりゅう》のように押し寄せ、渦を巻いて蘇《よみがえ》った。伊神さんとのエピソードは、仰ぎ見るほどの存在感があった。あの人が活躍して謎が解かれるシーンに、僕は何度も立ち会っている。ようやく一年が終わろうとしている、僕の高校生活。大事件が起こる時、いつも伊神さんがそこにいたのだ。その伊神さんが卒業する。今後僕が事件に遭遇しても、伊神さんはもういない。それとも、僕の周囲でおかしな事件が起こったりしたら、この人はまた来てくれるだろうか？

内山、雄馬。はい。尾上、黎人《れいと》。はい。川崎、佳人《よしと》。はい。

伊神さんとはこのまま会わなくなるかもしれない。だから、挨拶ぐらいはきちんとしておこう。朝、僕はそう考えた。卒業おめでとうございます。それぐらいは言おう。それと……「卒業しても遊びに来てくださいね」ということも、ついでに言おう。そう決めて、朝、三年生の教室に向かった。だが引き返した。三年生の教室が存外に静かで入りにくかったこともあるのだが、それだけのことをわざわざ言いに行くのもどうか、と思ったのだ。

久米田《くめた》、香澄。はい。栗林、萌香《もえか》。はい。小師《こもろ》、あやな。はい。

やっぱり、言っておこう。そう思った。このままなんとなく今日が終わってしまえば、もう会う機会はなくなる。そしてそのまま二度と会わなくなるかもしれないのだ。そうなれば伊神さんは、卒業した高校のことなど気にかけないだろう。それは少し怖い。荷が重い。何が荷でどう重いのかよく分からないが、明日からはもう伊神さん抜き、という覚悟はできていないのだ。卒業おめでとうございます。卒業しても遊びに来てくださいね。それだけは言っておこう。電話をかけてそれだけ言う、というのは変だ。メールの場合、冗談抜きで読んでくれないおそれがある。直接言おう。とりあえずそう決めた。

実は僕はこの後、それだけのために随分な苦労をすることになるのだが、もちろんこの時点では思ってもいなかった。

戸塚、武雄。はい。仁木、新《あらた》。はい。野呂、啓祐。はい。

卒業式は盛り上がった。毎年こうなのか、今年だけがこうだったのかは分からない。

このまま永遠に続くかと思われた氏名の連なりが不意に終わり、九組の代表が卒業証書を受け取りくるりと回転して列の端にくっつく。卒業生の列からはすでに洟《はな》をすする音が漏れている。

「校歌斉唱」の声。音楽科の宇都宮《うつのみや》教諭が出てきて、魂《たましい》をぶちこんだような熱いタッチで前奏を奏でる。高校生活最後の校歌。卒業生の驚くべき声量に引きずられて在校生も本気になった。建物全体が振動し、いつの日からか天井に挟まったままのバレーボールが落ちてきそうな熱唱だ。負けじと僕も声を出す。三年生を送るのだから、と思った。休符や間奏に入ると洟をすする音が一つまた一つと連続する。洟をすする音は聞く者に対しても一定の催涙作用をもたらすらしく、若干目頭が熱くなった。しかし卒業式のクライマックスはここではなく、これに続く合唱なのだ。高校の卒業式に出た経験がない人なのか司会の「合唱」の声に来賓一名が手を合わせた。曲目は卒業生が投票で決め毎年違うらしいが今年は森山直太朗の〈さくら〉である。卒業式に相応しいというだけでなく、おそらく列席した父兄も歌えるようにとの配慮が働いたのだろう。普段不真面目な市立の生徒がこういう時だけ真面目になるからそれもまた涙を誘うと教師の誰かが言っていた。宇都宮教諭が大胆な身振りで鍵盤に情感を叩きつける。校歌を超える大音量になったが洟をすする音もより頻繁になった。

曲が盛り上がり涙がせり上がってくるのが分かる。周囲の一年生は誰一人泣いていないから僕だけ泣いたら恥ずかしい。眼輪筋に意識を集中し、泣いてなるものかとこらえた。伊神さんいわく人間は悲しいから泣くのではなく泣くから悲しいのだそうで、要するに落涙は反射運動に過ぎないのだ。しかしそういう話ももう聞けなくなるなあと思ったら途端に涙が溢れた。不覚だった。

僕が泣いている間に閉式の辞が済む。来賓が退場し卒業生も捌《は》けるべき時だ。しかしそこで場内の雰囲気が急に変わった。流れている曲はお馴染み「〈威風堂々　第一番〉の一部」なのだがそのリズムを無視して一組の卒業生がバラバラになってどわああ、と駆け出した。呆気にとられる一年生を尻目に二年生たちも卒業生に駆け寄り思い思いに抱きあったり何やら渡したりしている。教師の方も勝手知ったる様子で、司会は一組が捌けきらぬうちに平然と「二組起立」を宣言した。二組の卒業生も同様の騒ぎになった。円陣を組んで気勢をあげる集団。後輩の集団に揉みくちゃにされ胴上げされる人。逆に先導する担任を胴上げする人たち。大挙して壇上に駆け上がり上着をはだけて腹にペイントしていた文字を並べる数名。校長も頑健な男子十数名に囲まれ胴上げされたまま体育館中央に運ばれた。放送室がジャックされたらしく〈威風堂々〉が突然洋楽のロックにすり替わった。体育館内はもはやお祭りであり、隊列もへったくれもなく在校生も卒業生もない。啞然としている僕の肩を後ろから叩く人がいた。振り返ると柳瀬《やなせ》さんだった。

「びっくりした？　これが市立《いちりつ》名物『卒業クーデター』だよ」

物騒なネーミングだ。式典なのにこれでいいのかと思ったが、考えてみれば閉式の辞が済めば式典は終わっているのである。

僕は納得し、伊神さんに挨拶に行くことにした。卒業おめでとうございます。卒業しても遊びに来てくださいね。体育館内の人ごみは市民マラソンの出走直後のように凄まじいが、それを言うくらいの余裕はあるはずだった。僕は三組の人たちが集まっているあたりに行き、伊神さんの姿を捜してうろうろした。なぜか見つからなかった。ずば抜けた巨漢というわけではないし傾《かぶ》いた恰好をしているわけでもないが、伊神さんの長身は人ごみの中でもそれなりに目立つはずだった。それなのに僕は見つけられなかった。卒業生の列は目で追っていたからすでに退場してしまったということはないはずだ。それなら一体どこに行ったのだろう。

捜しているうちにざわめきが広がり、見上げると体育館中央上方に巨大なくす球が出現していた。カウントダウンより若干早く割れ、大量の紙吹雪が舞い「浪人してもこの日は笑え」の垂れ幕が出てきた。歓声があがった。背伸びをして歓声をあげる人たちを見回した。やはり伊神さんの姿はなかった。

結局、式中に声をかけることはできなかった。卒業証書授与の段階では、伊神さんが三組の列の中にいるのを確認している。それなのに退場の時、三組の列の中に伊神さんの姿はなかった。なぜだろう。

卒業式が大盛況のうちに終わり、卒業生が捌けきり教室に引っ込んだ。僕は自分のクラスに一旦は戻ったが、すぐに階段を上り、三年三組の教室に向かった。卒業式で言いそこねた以上、教室を訪ねて挨拶をしておくしかない。最初は少し気後《きおく》れしたが、三年生の教室のある四階にいざ上ってみると、在校生の姿もかなりあった。卒業生はこの日はもう、教室で一人ずつ呼ばれて卒業証書を受け取る以外にやることがなく、すぐに下校になる。卒業生にとっても在校生にとっても、最後のお別れはこの時間帯のようだ。卒業式終了から途切れることなく続いているざわめきの中、卒業生は廊下ベランダ玄関前と思い思いの場所にたむろし、後輩たちと話に花を咲かせている。記念写真を撮る人も多く、僕もシャッターを押してくれと頼まれた。

三組の教室を覗く。卒業生への卒業証書の受け渡しはすでに済んでいるらしく、教室の中は十数名が残っているだけだった。伊神さんの姿はなかった。顔見知りである山岳部の眼鏡の先輩に伊神さんの所在を尋ねたが、彼は周囲を見回して「そういや、あいついねえなあ」という返事をした。他の教室を回ってみる。幾人かの顔見知りの先輩に会い、二度ほどシャッターを押してと頼まれ一度は一緒に写った。しかし伊神さんはいなかった。

さて、伊神さんはどこに行ったか。もともと、集団を離れて一人、違う場所でくつろぐことを好む人ではある。伊神さんとて高校卒業に何らかの感慨はあるだろうから、どこか人のいない場所で一人、佇《たたず》んでいるという構図も似合う。だとしたら、それはどこか。僕は半年前の伊神さんが、僕の小学校時代の事件に挑戦したことを思い出した。あの時の伊神さんは、屋上で考え事をしていた。僕は屋上に向かった。

僕の予想は外れた。屋上への扉はすでに開け放されており、数名の卒業生が町並みを見下ろしながら話をしていた。僕の足音に気付いて全員が振り返る。話を盗み聞いたわけではないのだが、僕はえらく無粋なことをしてしまったように思い、慌てて頭を下げ、逃げた。

屋上ではない。だとすると、どこにいるのだろう。僕は階段を下り、二年生の教室と一年生の教室を素早く見て回った。いないと分かったら今度は外に出て体育館に戻った。体育館は式典のというより祭りの後の様相であり、床に散らかった紙吹雪やロケット風船などのゴミを卒業生有志が掃き集め、パイプ椅子を片付けていた。卒業生が自分で卒業式の片付けをするのは変な話だと思ったが、これがこの学校の恒例らしい。卒業式終了時の狂騒は影をひそめ、初春のうららかな日差しが差し込む体育館にはなんともいえない脱力感が漂っていた。パイプ椅子を持ち運ぶがたごとという音がのんびりと断続する。見回してみたがここにも伊神さんはいなかった。

体育館を出る。アスファルトの上に砂埃《すなぼこり》を散らし、暖かな風がぴょう、と吹き抜ける。僕は立ち止まってぐるりと見回した。あと、伊神さんが行きそうなところはどこか。

まさか第二別館に用はないだろう。隣の芸術棟は一月の事件のせいでいまだに立入禁止だ。だとするとまず別館あたりから、と思ったところで、僕は武道場の玄関前に人影を見た。距離はあるが、おそらく背恰好からしてあれは伊神さんだ。

思わず大声で呼んでしまう。「伊神さあん」

その人はその声で顔を上げ、こちらを見た。伊神さんだった。見つかった、と思い、僕は駆け寄ろうとした……のだが。

伊神さんは僕の姿をみとめたはずである。それなのになぜか、逃げるように武道場の玄関に消えてしまった。

……なぜ逃げる？　それに、武道場に一体何の用だ。

僕は駆け出した。やっと見つけたのだ。見失ってたまるものか。

武道場の玄関をくぐる。畳と汗と日差しが静かに醸成した、武道場特有の空気。耳をすますと、足音が階段を上っていくのが聞こえた。外履きをスリッパに替えて階段を上がる。

二階の正面にあるのは剣道場の入口だが、ここの扉が開いた音はしなかった。僕は剣道場を無視して、素早く廊下に視線を走らせる。廊下の反対側、一番奥の部屋にするりと消える伊神さんの姿が一瞬見えた。反対側のあの部屋はたしか、開かずの間だったはずだが……。

伊神さんが入った部屋の前まで走る。スリッパが脱げそうになりスピードが出ない。引き戸に手をかけると、からからからと難なく開いた。

スチールの棚が引き戸を開けてすぐの、中途半端な位置に立っている。それを避けて部屋の中央まで踏み込む。周囲を見渡す。誰もいなかった。

部屋は乾いていた。人の気配、それどころか生き物の持つ湿り気が全くなく、南向きの窓から差し込む日差しで部屋全体が干物になっているようだった。もしかするとこれは部屋ではなく、乾いてかさかさになった部屋の抜け殻なのではないかと思った。そして静かだった。部屋の空気はゆっくりと、なま暖かく、鯨のように悠然とうねっていた。音もなく舞う埃が窓際で光を浴び、ちらりちらりと輝いている。校舎の片隅で長い時間をかけゆっくりと風化した空気は鼻腔《びこう》を詰まらせる埃っぽい臭いがしたが、それがなぜか懐かしかった。

この部屋がもうかなりの間、使用されていないことは知っていた。もともとはトレーニングルーム、それが使われなくなって物置になり、ついには用途不明となってしまった部屋。我が校の隅っこの方にいくつか存在する「開かずの部屋」のうちの一つだったはずだ。あまり大きな部屋ではない。両側にはスチール製の棚。表紙がなくいつのものかも分からない雑誌が十数冊、誰がいつ持ち込んだのか、巻数の飛んだ漫画本が十数冊並んでいた。上の方の段では地理か地学の授業に使ったらしい山の模型が埃をかぶっている。ガムテープで厳重に封をされた段ボール箱が日に焼けている。部屋の隅にも段ボール箱がいくつかあるが、ここからでは中身が分からない。床のタイルが何枚か剝がれ、破片になっている。中央に机が二つと椅子が四脚。その脇にもう一脚、倒れている。

それだけだった。誰もいない。

そんな馬鹿な、と思う。しかし部屋はがらんとしており、漂う埃は僕の問いにも沈黙を守ったままだ。

……消えた？　いや、そんなはずはない。

僕は肩の力を抜いて落ち着きを取り戻し、部屋をよく検分することにした。僕はざっ、ざっ、とスリッパを引きずり、壁際や部屋の隅、入口前の棚の背後と、死角になりそうなところに近付いて一つ一つチェックしていった。どこにも誰も隠れてはいなかった。部屋の中を見回す。隅にある段ボールの箱は口が開いていたが、到底人が隠れられるような大きさはなかった。念のため開けてみたが、A4判の何かの書類の束と漫画雑誌が埃で茶色くざらざらになっているだけだった。正面の窓に目をやる。窓のすぐ下には庇があるはずだからここからの脱出も可能だろうが、今はすべての窓がぴっちりと閉じられていた。クレセント錠が上がっているのを見て、この間の愛心学園の事件を思い出した。しかし、この部屋の換気扇は隅の方についており、ワイヤーなどを通して引っ張れそうな位置にはなかった。近寄って窓を揺する。開かなかった。

……ちょっと待ってくれ。それじゃあ、伊神さんはどこに行ったのだ。

僕はもう一度部屋を見回した。僕の動きに合わせて、僕の周囲でだけかすかに埃が動く。それ以外に動くものは何もなく、部屋の時間は静止していた。卒業式の喧騒が別世界のことのようだ。

ふと、ここは本当に別世界なのかもしれない、と思った。伊神さんは卒業して、別世界に消えた。そういうことは、意外とあるのではないかと思った。

風が窓を揺すり、その音で正気に戻った。まさか、そんなお伽話《ときばなし》が現実にあってたまるものか。

たっ、という音が外から聞こえてきた。足音のように聞こえた。僕は大急ぎでスチール棚を回り込んで、廊下に顔を出した。誰もいなかった。

気のせいだろうか？　だが、廊下には確かに人の気配が残っている。

スチール棚を振り返る。この棚の陰に隠れていたのだろうか。しかし、この棚にはもともと何も置かれていないし背板もない。むこう側が見えるのだ。もちろん、陰にしゃがみこんで小さくなっていれば死角に入れるかもしれない。そして僕が踏み込んだ際、棚の陰を回って脱出するという手がないわけではない。しかしそれは、現実には不可能だと思えた。足音がするし、いくらなんでも、一メートルも間合いがないのに気配すら残さずにすり抜けることができるわけがない。それに僕が踏み込んだ時、すでに部屋には人の気配がなかったのだ。

……僕が踏み込んだ時には、もう伊神さんはいなかった……のだろうか？

部屋を出て、引き戸を後ろ手で閉める。

この戸には鍵がかかっていた。伊神さんのことだから、おそらくお得意のピッキングで開けたのだろう。そして何らかのトリックで部屋から脱出してみせたのだ。何故《なにゆえ》そんなことをしたのかが分からないし、そもそもなぜ僕から逃げたのかも分からないが、あの人のことだから「単なる悪戯《いたずら》」ということも充分に考えられる。

……そう。悪戯だろう。

一瞬だけちらついた何やら恐ろしげな思考をつとめて無視し、僕は携帯を出した。伊神さんの番号は登録してある。

しかし僕の耳に飛び込んできたのは、無味乾燥な拒絶の言葉の繰り返しだった。

「りません。番号をお確かめの上、おかけ直し下さい。おかけになった電話番号は、現在、使われておりません。番号をお確かめの上、おかけ直し下さい。おかけになった電話番号は、現在、使われておりません。番号をお確かめの上、おかけ直し下さい。おかけになった電」

僕はしばらくの間状況が飲み込めず、携帯を耳に当てたまま立ち尽くしていた。

通話を切る。アドレス帳の「伊神さん」を確認してもう一度かけ直す。

「在、使われておりません。番号をお確かめの上、おかけ直し下さい。おかけになった電話番号は、現在、使われておりません。番号をお確かめの上、おかけ直し下さい。おかけになった

電話番号は、現在、使われておりません。番号をお確かめの上、おかけ直し下さい。おかけになった電話番号は、現在、使われておりません。番号をお確かめの上、おかけ直し下さい。おかけにな」

どうなっている。

鳥肌の立つ感触が、背中を這い上がった。僕は急いで深呼吸をし、脳内にぞわりとたちのぼってきた混乱の影に背を向けようと努力した。落ち着いて考えなくてはならない。「冷静さが足りない」と、この間も当人から言われたばかりである。

卒業式の最中は電源を切っているから、そのまま電源を入れ忘れていてつながらない、という可能性は充分にある。伊神さんの場合、携帯を携帯せずに出歩いていくら呼んでも出ない、ということもたまにやる。そうしたたぐいのことかもしれない。

しかし、と、すぐ反論が頭をもたげた。しかし、電話の声は「使われておりません」と言った。「使われておりません」とはどういうことだ。ほんの三週間前、愛心学園で起きたごたごたの時には確かにこの番号で通じたというのに。

携帯を出す。伊神さんにもう一度、電話をかけた。

「おかけになった電話番号は、現在、使われておりません。番号をお確かめの上、おかけ直し下さい。おかけになった電話番号は、現在、使われておりません。番号をお確かめの上、おかけ直し下さい。おかけに」

熱を帯び、ざわつく思考を無理矢理に抑圧し、僕は独《ひと》りごちた。……つまり。

そして結論を出した。つまり、番号を変えたのだろう。番号ポータビリティのサービスすら使わなかったというのが不可解だが、もともと常識のレールが迂回している場所を強引に直進するようなところのある人であるし、あるいは何か特殊な理由があってわざとそうした、ということも、ありえないことではない。僕に番号を教えてくれなかったことは、まあ、いいとしよう。

消えてなくなったなどということが、あるわけがない。

僕は伊神さんを捜した。別館、第二別館、それぞれの屋上まで見て回った。どこにもいなかった。電話はやはりつながらなかったし、試しに送ってみたメールは、数秒で返ってきてしまった。

次のあて先へのメッセージは、エラーのため送信できませんでした。

つかまらない。本人はどこにもいないし、電話もメールもつながらない。僕は校内を歩き回った。

本館の玄関で、山岳部の眼鏡の先輩に会った。名前は思い出せないがこの人は伊神さんの友人だ。「すいません、伊神さんを見かけませんでしたか」

「いや、悪い。見かけてない」先輩は首を振った。

「さっきから捜しているんですが。携帯も替えたみたいで電話もつながらないんです」

「何。あいつそんなこと一言も言わなかったな」

先輩も知らないらしい。

「何か、連絡とる方法ってありませんかね」

「屋上とか、どこにもいなかったの」

僕は頷く。「かなり捜しました。……伊神さんが行きそうなところ、どこか知りませんか」

先輩は腕を組んで、眉間に皺《しわ》を寄せた。便秘をしているような顔で少々唸ってから言った。

「帰ったんじゃねえかな。あいつわりとすぐ帰るから」

「住所、わかりますか」

「いや、悪い。覚えてない」先輩は僕の言葉にやや驚いたようだった。「急ぎ?」

「そうではないんですが」

僕はそう言ったが、先輩は僕の顔を見て、言ってくれた。「ちょっと待った。家に電話して、訊いてみるわ。昔、年賀状とか出してたから」

「ありがとうございます」

「いや、分からないかもしれないから。とりあえず期待するな」

「はい」とは言いつつもやはり期待してしまう。

先輩はちらりと僕を見たが、黙って電話をかけた。

先輩の言いたかったことは分かる。「一体、何をそこまで必死になっているのか」

我ながら馬鹿なことだ、とも思う。ちょっと電話がつながらないくらいで。メールが送れないくらいで何がそんなに不安なのか。これでは携帯電話依存症ではないか。しかしそうは思っても、背中の見えないところにすでに、得体の知れない不安感がべったりとひっついている。とにかく、連絡がつくということだけでも確かめないと拭い去れないのだ。

電話を受けた先輩のお母様はおそらく家中を引っかき回して捜してくださったのだろう。時間はかかったが、先輩は僕にメモの用意を尋ねてから、電話口で聞いた住所を復唱してくれた。僕はそれをメモすると、電話を切った先輩に礼を言って玄関を出た。

自転車なら、十分かそこらで行ける距離だった。わざわざそこまですることはないだろう、という声も聞こえてきて、玄関を出る時に一回、自転車のチェーンを外す時に一回、またがって漕ぎだす時に一回、僕は動きを止めた。しかし結局、出発した。風を切って坂を下り、校門を出る。丘の上の校舎は、出る時は実に爽快に出られる。ブレーキを使わずに公道に出る。背中にひっついた何かから、行け、と言われているような気がした。

住所は暗記した。ＪＲの線路沿いには大小新旧様々なビルが入り交じる、商店街とも住宅街ともいえない曖昧な一角がある。カラオケの上に賃貸アパート、その隣の焼肉屋の下が不動産屋でその向かいは一戸建て住宅、という雑多な通りだ。学校まで距離的にはそれほどないが、駅と駅のちょうど中間なので電車通学には不便な場所である。そもそも学校の最寄駅まではひと駅しか乗らないから、電車通学をすれば駅まで五分電車で二分、電車を降りて学校まで十分という極めて非効率なことになってしまう。してみると伊神さんは自転車通学のはずだったが、なぜか僕はあの人が自転車に乗っているところを見たことがなかった。

目指すマンションはすぐに見つかった。五階建ての建物に「スカイハイツ」なる名前をつけるのはいかがなものかと思ったが、その大仰な名前のおかげですぐに見つけられたということでもある。築年数が経っているらしくオートロックなどはなく、ロビーの壁面もややくすんでいる。しかし廊下の幅やドア同士の間隔などから判断するに、一戸一戸はかなりゆったりと造られているようだ。間違いなく僕の家より広くて少し羨《うらや》ましい。階段で三階に上る。目指すのは三〇四号室。表札と部屋番号を確認しながら廊下を進む。傘のない傘立てやら畳まれたベビーカーやらが、各家のドアの脇に規則正しい間隔で置かれている。そのようなルールは実際ないにもかかわらずどの家もそれぞれ、まるでそうするのが不文律であるかのように何かしらドア脇に出しており、こうでもしないと自分の家がなくなってしまうと恐れているかのようにも見える。事実僕は小学校に上がったばかりの頃、ドア前に置いてあった傘立てが片付けられていたせいで自宅が消滅したと思い込み、混乱して泣いてしまったことがあるのだ。

三〇四号室には表札がなかった。ドアにも何もついていない。間違えると恥ずかしいのでメモをもう一度出し、住所が合っていることを確認した。

ドアチャイムを鳴らそうとしたところで、その下の方に落書きがあるのに気付いた。膝くらいの高さだから、ややもすると見過ごしそうな位置だった。かなり細かい文字で、何か文章のようなものが書かれている。落書きにしては妙だと思い、かがんで見てみる。

Over in Killarney many years ago
Me Mither srang a soong to me
In tones so sweet anod low
Just a simple little diftty
In her good ould Irish way
And

英語はどちらかといえば得意科目のはずだったが、どうもうまく訳せない。“Me Mither”や“Killarney”がよく分からないがこれは固有名詞であろうから降参するとして、“srang”は知らない。それより後は全く訳せなかった。“soong”とは、“diftty”とは何だろう。民話か何かの断片のようではあるが。

そして、何より意図が分からなかった。落書きであることは確かだが、こんなものを誰が何のために書いたのだろう。人目に触れるこうした場所の落書きは他人に見せるために書かれるのが通常であり、したがって文意か形態のいずれかでインパクトを与えるものでなくてはならない。この落書きはいずれにもインパクトがない。そもそも英語で書くならば、訳すのが面倒な長文は書かないだろう。これでは誰も読まない。読まない落書きを、誰が何のために書いたのだろう。

伊神さんが書いた、という考えがまず浮かんだ。意味不明の落書き。確かにこれを読んだ周辺住民は首をかしげるだろう。しかし釈然としないものもある。悪戯なら、もっと目立つように書いてもよさそうなものだ。

落書きを指でこすってみる。指にはしっかりと埃がついた。かなり前に書かれたもののようだった。少なくとも僕を狙った悪戯ではないようだが、それにしても。

油性ペンで書けば消せなくなる。悪戯にしても、そこを考えなかったのだろうか。それすら考えないほど、子供の頃の悪戯だろうか？　書いてある高さからすれば、確かにそう考えることもできる。伊神さんの場合、幼少時にこのくらいの英文を書いてもおかしくない。

しかし、そうだとするならば、伊神家のみなさんはこれを十年以上にわたって放っておいたことになる。いくらなんでも十年もこの家に出入りしていて気付かないということはあるまいに、消そうとは思わなかったのだろうか。それに。

僕は膝を折り、文字に顔を近づける。大人の字と子供の字は違う。僕は書道にも筆跡鑑定にも詳しくないが、大人の字と子供の字の差はなんとなく分かる。子供は字を形でとらえるから一字ずつ書く。大人は意味でとらえるから文節単位で書く。結果として大人の字には、子供の字にない「流れ」や「手抜き」が表れるものなのだ。アルファベットであってもそれは変わらないはずなのだが、その点、この字は確かに大人の手によるものだった。

……一体、これは何なんだろう。

分からないが、これについても家の人に訊いてみる方がいいようだ。とにかくドアチャイムを鳴らした。呼び出し音は確かに鳴っているが反応がない。しばらく待ち、もう一度押してみた。やはり反応はなかった。

留守だろうか？

住人がトイレに入っていたりして、チャイムにすぐ反応できないということも考えられるから、もうしばらく待ってみることにする。何か嫌な予感がした。

伊神家のドアをもう一度観察する。表札はない。ドアにも何もついていないし、ドアポケットに何かが入っている様子もない。物音はせず、ドアは沈黙している。もちろん、普通のマンションなら子供が騒ぐとか掃除機をかけているのでない限りドア越しに物音がすることはないのだが、こういうドアを見ていると、本当にここに住んでいる人がいるのかと不安になってくる。

二、三分は待っただろう。しかし反応はなかった。やはり留守だろうか。ドアの左右を見る。

三〇四号室のドアの脇には、何も出ていなかった。

ふっ、と目の前に影ができたような気がした。不安を感じた。夜道を一人歩いていて、自分の足音が急に消えたような感覚。

留守では、ないのか。

僕は早足で階段を下り、ロビーに戻った。三〇四号室の郵便受けを見る。名札はやはり、貼っていない。顔を近づけて中を覗いてみた。底の方に数枚のチラシが見えた。他の郵便受けを見てみる。新聞が突き刺してあるものもあったが、ほとんどの郵便受けには小さなチラシが一枚、投げ込まれているだけだった。三〇四号室と内容が、違う。

いないのだろうか。誰も。そんなことがあるのか。

郵便受けの前に突っ立ったまま、僕は思考を走らせる。考えられるのはまず、メモが間違っていたか、僕が間違って覚えたか、だ。山岳部の眼鏡の先輩に確認すべきだったが電話番号を知らない。写真部の鈴木先輩にかけてみた。事情を説明して住所を確認してもらう。メモに間違いはなかった。礼を言って電話を切った。ロビーを出て通りを走る。ビルの反対側に回る。他のビルの陰になって確認しづらくはあったが、三〇四号室とおぼしき部分のベランダが見えた。レースのカーテンが閉まっている。作りつけのフックに物干し竿がかかっている。しかし洗濯物は一つも出ていなかった。ベランダにあるのはそれだけだった。両隣にしろ他の階にしろ、他の家のベランダには植木鉢やら三輪車やら、何かしら生活を感じさせるものが出ているのに、三〇四号室だけ何もなかった。

……あの部屋はおかしい。

直感的にそう思った。カーテンはついているのに、稼動している感じがない。……空き家なのだろうか?

僕は学校に向かって自転車を漕いでいた。学校に戻って、あらためて確認する必要があった。先輩から聞いた住所が間違っているのだ。それしか考えられない。それなら今度は、先生に訊いてみよう。学校は住所を把握しているはずだ。

ペダルが妙に重かった。背中にへばりついた不安感が、今やしっかりとした質量を感じさせていた。細かい坂を上ったり下りたりする上、向かい風が強かった。何度角を曲がって向きを変えても、なぜかずっと向かい風のままだった。

それでも十五分ほどで学校に戻れた。とにかく伊神さんの担任の先生を捜すことにした。たしか社会科の小此木《おこのぎ》という先生だ。教室に行ってみたが、すでに人影はまばらだった。社会科教官室を訪ね、そこで小此木先生をつかまえた。小此木先生は特に理由も訊かずに住所録を繰ってくれた。だが……。

……春日町《かすがちょう》。三丁目。七番。四号。スカイハイツ三〇四。住所録に載っていた番地は、僕のメモと一致していた。

この住所、間違っているかもしれません、と僕は言った。小此木先生は、そんなはずはないでしょう、と答えた。僕にもそう思えた。先生いわく、入学時から伊神さんの住所が変わったことなどもないという。

そうだとすれば、入学時からずっと間違え続けていたのだろうか。そんなことがあるのだろうか。

事実だとすれば、けっこう重大な問題である気がした。小此木先生に報告しようかとも思ったが、やめた。もう一度、さっきの住所に行ってみて再確認するのが先だと思った。

玄関ロビーを抜け、今度はエレベーターで三階に行く。ここまできたら、やれることはすべてやるべきだと思った。三〇四号室のドアチャイムをもう一度鳴らす。一分待った。反応はなかった。ドアチャイムが壊れているのかもしれないと思い、直接ノックして「ごめんください」と言ってみた。やはり反応はなかった。背中に張りついた不安感が重さを増した。

僕は隣の三〇三号室を見た。「東海林《しょうじ》」という表札がついている。

隣の住人に訊いてみるしかない。インターフォンでの応答に何と答えるべきか決めずに突撃してしまったので用件を訊かれた。インターフォンで答えが二転三転し、しばらく噛みあわないやりとりが続いた。噛みあわない理由はそれだけではなかった。東海林さんは「伊神」という名前に全く心当たりがなかったのだ。

インターフォンでの問答ではあまりに埒《らち》があかないと感じたらしく、東海林さんは玄関まで出てきてくれた。不審な訪問者に対するそれがいつものやり方なのか、彼女は最初、窺うようにドアの隙間から顔だけをのぞかせたのだが、制服姿の僕が一人と分かると安心してくれたようで、サンダルをつっかけてドアを開けてくれた。

「どなたですか？」

三十歳くらいの女性だった。家事の途中だったらしくエプロンをしている。

僕は一つ大きく呼吸をして頭の中を整理し、ここに来た経緯と、隣に誰が住んでいるのか、あるいは誰も住んでいないのかを尋ねた。東海林さんは眉をひそめた。

「隣、空いてますよ。たぶん。うちは越してきて二年経つけど、一度も会ったことありませんから。……住所、間違ってない？」

「……学校の名簿にもこの住所が書かれてるんです。あの、隣のドアポケットとか、郵便受けに何か入っていたことはありませんか？　空き家には届かないはずの何か、通知とか」

「それはちょっと……」東海林さんは困ったように言う。確かに、ちょっと無理のある質問だ。隣に届く郵便物をチェックしているような人は普通、いない。東海林さんいわく、三〇四号室には届け物が来たことはないし、来客もなかったという。

東海林さんの後ろから二、三歳の男の子が顔をのぞかせた。「こんにちは」と言って手を振ると、はにかんで奥に引っ込んでしまった。

東海林さんの表情が和らいだ。ちらりと後ろを振り返ると、僕を覗き込むようにして尋ねた。

「その伊神くんっていうのは、あなたの友達？」

「……はい、まあ。先輩です」

「電話はしてみた？　本人に訊いてみたら？」

「それが、電話が全くつながらないんです。それも電源が切れているというのじゃなくて番号そのものがつながらないんです。本人も、捜してもいないし、……」

何か訴えるような口調になってしまった。もちろん、この人に訴えても仕方がない。

「おかしいね」東海林さんはドアに肩をあずけて腰に手を当てた。考えてみればこの人にとっては赤の他人の問題なのである。にもかかわらず彼女は首をひねって悩んでくれた。

「このマンションに『伊神』っていう人はいないよ。昔はいたのかもしれないけど、うちが越してくる前に住んでた人のことは知らないし……」

東海林さんはさらに、学校に確認したら、友達に訊いてみたらなど、いろいろ提案してくれたが、しかし良い方策は見つからなかった。僕は礼を言って東海林家を辞した。反対側の三〇五号室は留守だった。

三〇四号室のドアを見る。謎の落書きは、確かに過去、ここに人がいたことを示している。だが今はもう、この落書きにも埃が貼りついているだけだ。学校の「開かずの部屋」のように。

階段を下りてマンションを出る。自転車に乗る気が起こらず、しばらく押していた。強風で倒れそうになり、自転車を支えたまま立ち止まり、風がやむのを待った。風はすぐにやんだが、今度は歩き出す気が起こらなくなった。

空は能天気に晴れている。昼のこの通りは人気《ひとけ》がない。通る車もなく、時折雀《すずめ》の声が聞こえてくるだけだ。

……伊神さんは消えた。

また一陣、風が吹き抜けた。その後はもう静かだった。

そもそも、伊神さんなんて人はもとからいなかったのではないか。そうも思えてきた。伊神さんに限らず、卒業生は卒業したらいなくなる。もう会わないのなら、いないと同じだ。消えたのと会わなくなるのとは、何ほどの違いもないように思える。

しかし、だからといって。……僕は自転車を押し始める。こうまでいきなり、すっぱりと消えるというのはどういうことだ。

唇を嚙んで、自転車にまたがる。僕は知っている。人との別れは、いつも不意にやってくるものだということを。別れは、人が最も油断している時にやってくる。人はそれで狼狽《ろうばい》し、どうしてこんな心の準備ができていない時にやってくるのかと不満に思う。そしてその後、自分はいつだって心の準備などしていなかったと思い知らされるのだ。

頭上の高架線路を電車が駆け抜けた。意外なほどの轟音《ごうおん》に体がすくんだ。

これからどうすべきか。とりあえず小此木先生には報告すべきだが、それよりもまず、伊神さんの友達に報告した方がいいように思われた。

僕はハンドルを切って、向かう方角を変えた。

もと吹奏楽部の立花久美子《たちばなくみこ》さん。いろいろあって中退し、今は美術部の顧問百目鬼悟《どめきさとる》と結婚して百目鬼久美子さん。一月の事件の時に一度会い、それからもう一度新居を訪ねてからあまり日が経っていない。話を聞くに伊神さんの幼馴染であるらしい。それを思い出して、まずこの人を訪ねるべきだと思った。

自転車で行ける距離にある新居まで二十分。教員の薄給ぶりは先生方からいろいろ聞いており、ある先生などは「ボーナスの入った袋が風に舞った」などと言っていた。そのことからするとはたして百目鬼先生の給料でローンが払えるのかと心配になるような綺麗なマンションである。エレベーターで十二階まで昇ってインターフォンを押す。はあいという元気のいい声とどたどたどたという足音と赤ん坊の泣き声がまとめて近づいてきた。真っ昼間の訪問者を全く確かめる様子もなくドアが勢いよく開く。僕は後方に飛びすさって衝突を回避した。

「はあいどなた様。おっ、葉山《はやま》君久しぶり。学校は今日はもういいの、ってああ今日は卒業式か。ん？　久しぶりってこの前来てくれたよねじゃあ久しぶりじゃないか。久しぶりってどのくらい間が空いたら言うべきなんだろうね。ああごめんねこの子ちょっと今日、朝からえらく御機嫌斜めでさ。はい上がって上がって。お昼ごはん食べた？」

台風でも来たかのように賑やかだった。生後三ヶ月の息子天《てん》くんの泣き声も賑やかなのだが母親の方がそれ以上に賑やかなのだ。僕はよく分からないうちに引っ張り込まれ玄関を上がり、気がついたら居間でお茶を出されていた。

「お昼食べた？」

「いえ、まだ」

「了解、じゃあちょっと待ってね。ラーメンじゃお腹空くかな？　いい？　まさかラーメンが嫌いってわけじゃないよね。そういう人見たことない」

「あの、お構いなく」と言っても無駄なのは前回訪ねた時に知っている。立花さんは立ち上がり天くんをベッドに寝かせて台所に立つが、天くんの泣き声がさらに大きくなったのではいはいはいはいママここにいますよおと言いながら戻ってきて抱き上げた。天くんはそれでも泣きやまない。賑やかな親子でよく似ていた。

「ごめんねえうるさくて。いつもよく泣くんだけど何が嫌なのか今日えらくよく泣くんだよね。どうしたんだろうね」立花さんは少しも焦る様子なく天くんをあやしていたが、やがて笑顔になって僕にぽんと手渡してきた。「ちょい代わって」

僕が抱っこすると天くんは深呼吸するような顔つきになり、それっきり泣きやんだ。立花さんがそれを見て拍手する。「お見事。はいありがとう」天くんを受け取ろうと手を出しかけ、また引っ込めた。「また泣いたらあれだな。ちょっと抱いてて」

なぜ泣きやんだのだろうと不思議に思ったが、立花さんはそのあたりについては気にしていないらしい。さっさと台所に立って冷蔵庫から食材を次々取り出し始めた。家事も育児もどうやらストレスになっていない様子であり、うちの母親も見習ってほしいな、などと考えているうちにもう、立花さんはどんぶりを二つ持って戻ってきた。「すっかり泣きやんだね」

腕の中に目を落とすと、天くんは何事もなかったかのようにもう眠っている。「寝ちゃいました」

「お見事。たぶん起きたら腹減った、ってまた泣くと思うから、その前に食べちゃおう」

立花さんは僕から天くんを受け取りベッドに移しながら、僕に「あっ、冷蔵庫に麦茶冷やしてあるから出してきて」と言った。僕はまだこの人と三回しか会っていない。家を訪ねたのは二回目だ。しかしそのあたりには全く頓着していないらしいので、僕も構わず冷蔵庫を開けた。グラスと氷も勝手に出してしまうことにする。立花さんに対してはそうした方がいいというのは、前回訪ねた時に圧倒的な説得力で理解させられた。

野菜山盛りで麺が見えないラーメンをしばらく無言でいただく。立花さんもさすがに、食べている間は喋れない。麺に到達したあたりでふと思った。僕は何の用でここを訪ねたんだったか。

それを思い出したら、メンマを摑んだまま箸が止まった。立花さんは、ずるずるずる、と盛大に音をたてて麺を啜《すす》ってから顔を上げた。「どうしたの？」

立花さんは箸を置き、黙って僕を見る。僕は言った。

「伊神さんが消えました」

立花さんはレンゲを取り、スープを一口飲んで、レンゲを置いた。

「……『消えた』？」

「消えたんです」

立花さんの目にすうっ、と鋭さが宿る。その目で僕を見据えた。僕は目をそらす。「どこにもいないんです。電話もつながりませんでした。追いかけたら部屋から消えて、住所も消えてました」

立花さんは黙っていた。

「どうなっているのかさっぱり分かりません」なぜだか腹立たしさを感じた。

立花さんが静かに立ち上がった。食卓を回り込み、僕の脇に来て膝を折る。囁《ささや》くように言った。「……どうしたの？　落ち着いて、順番にゆっくり話してごらん」

立花さんはふわりと立ち上がり、腰をかがめて僕の背中に優しく手を添える。何か柔らかい匂いがした。

で、気付いた。これでは泣いている子供をあやしている構図と全く変わらない。僕はまるで泣きながら家に帰ってきて、玄関先で「伊神さんが消えちゃった」と繰り返す子供ではないか。

「すいません。落ち着きましたんで」僕は顔を上げる。「あの、立花さん、ラーメンを。のびてしまいます」

立花さんはちょっと僕の目を覗いてから、ゆっくり席に戻る。僕は頭を掻いた。一つ深呼吸をして、椅子に座り直す。「あのですね、奇妙なことが起きまして」

「起こしたんでしょ？　伊神が」

僕は斜め上を見て考える。「そうかもしれません。……ええと、まず」

「食べながらでいいよ。ラーメンのびるし」

「はい」僕はもやしを一つまみ口に運んだ。「今日、卒業式が終わった後なんですが」

「うん」立花さんは真剣な表情で頷く。立て板に水で喋っている時は意識しないが、この人は昭和の時代の女優を思わせる美人なのである。差し向かいになるとどうしても照れてしまう。

僕は再び落ち着きをなくしながらも、とにかくこれまでのことを時系列に沿って話した。

「……なんだ。そういうことか」立花さんはスープをずずずずう、と啜った。食べるの速いな。

「携帯、電波が届かないとかじゃなくて番号ごとつながらなかったの？」

「はい。この前来た時話しましたよね。例の、愛心学園の事件の時はつながったんですが」

「あいつ、そういうとこ異常に無頓着だからね。解約したらそのくらい言えっての。前もさあ、黙って番号変えて、おかげであたし、知らないおっさんと十分ぐらい話しちゃったことあるよ。このおっさんがまた変な人で、いや面白い人つった方がいいのかな。まず声が」立花さんは二分ほどそのおっさんの話をし、ごめん関係なかった、と言って話を戻した。

「住所も間違ってた、っていうのは初めて聞いたね。市立《ウチ》っていい加減だよねえ。普通どっかで気付くでしょ」

「でも、三年間そのままだった、っていうことは、つまり……」

「なんか住所、偽りたい理由があったんだろうね」立花さんはどんぶりを持ち上げ、スープを飲み干してから言った。「そのくらいの裏事情、現代なら誰にでもあるよ。葉山君、宮部みゆきの『理由』って読んだことある?」

「いえ」

立花さんは感動詞や感嘆符を交えつつ『理由』のあらすじを十分かけて話した。「……ま、ここまで重くはないだろうけどね」

聞いている途中から黙り込んでしまっていた僕に、立花さんは穏やかな声になって言う。「……気になるなら、訊いてみればいいと思うよ」

「でも……」

「訊きにくければ、忘れちゃってもいいよ。どっちも思いやりなんだから、どっちが正しいかなんて分かるわけないし」立花さんは立ち上がり、冷凍庫を開けた。「デザートにアイスクリームでもどう、ってごめん。まだ食べ終わってないね」

「あっ、すいません」僕はまだ、ようやく麺に到達したところだった。慌てて箸を持ち直す。

「慌てなくていいよ」立花さんはハーゲンダッツのカップを持ってきてまた座った。それから、僕の目を覗き込むように見て微笑む。「……とりあえずもう、消えちゃった、なんて考える気にはならなくなってるでしょ？」

「……そう言われてみれば、そうですね」

「その『部屋から消えた』ってやつだってさ。あたしから見ればトリックにしか思えないよ。だって伊神だよ？　あいつが黙っていなくなると思う？　絶対悪戯だって。もしかしたらさ、携帯がつながらないの知ってて、わざとやって見せたのかも」

言われてみればそうだ。どうも僕はどこからか、妙な方向に考えを突っ走らせていたらしい。

「そうかもしれません。消えたように見えたんですが」

「人間が消えるなんて絶対ありえないって。消えたと思っても裏山の神社に倒れてたりするものなんだから」

それは消えたうちに入るんじゃないのか。

立花さんは何かを思い出したらしく、ふっと微笑んだ。「『怪盗伊神』健在だね」

「……何ですか？」

「あいつ中学の頃そう呼ばれてたの。人のものをまあ盗む盗む。金額が大きい時もあってけっこう問題になったりもしたんだけどさ、何が凄いって盗む手口。万引き一つとってもただ掠《かす》め取るとかじゃなくて、めっちゃくちゃ巧妙に大人騙して、商品棚丸ごと空にしたりするの。まわりの人みんな困ってあいつの両親謝ってばかりだったけどさ、はたで見てる分には面白かったよ」

「伊神さんが万引き？」

「他にもいろいろやってたよ。ウチの中学じゃあいつ超有名人だったもん。やれ校長の愛車盗むわ、テストで五百点満点とるわ、三年生と喧嘩して四人病院に送るわ、ピアノコンクールで入賞するわでもう大変。ファンもけっこういたけどね」

人間像がさっぱり摑めない。「……どういう人だったんですか」

「まあ、よく分かんないけどあいつなりにいろいろあったんだろうね」

よく分からない答え方をして、立花さんはアイスクリームを食べ終える。それを見計らったかのように部屋のむこうから泣き声が聞こえてきた。立花さんもそれを分かっていたかのように立ち上がる。「ごめん。おっぱいあげちゃうからちょっと待ってて」

立花さんは天くんを抱いて奥の部屋に消えた。この素早さはまさに母親だ。

伊神さんが万引きだの人に怪我をさせただのという話は衝撃だった。中学と高校で別人のように変わる人間の話は聞いたことがないでもなかったが、ここまで想像を絶する変化はなかなかないだろう。もっとも僕は三年生の時の伊神さんしか知らないから、昔を知っている人からすると今の方が驚きなのかもしれないが。

一方で立花さんの話は、僕に安心感を与えていた。伊神さんにも過去があった。過去がある以上、確かに存在しているのだ。

ややあって立花さんが戻ってきた。「じゃ、学校行ってみようか」

「え」

「どうやってあいつが消えたか、確かめてみたくない?」

「分かるんですか？」

「たぶんね」

「行きます」立ち上がりかけたが、ラーメンをまだ食べ終えていないことに気付いた。「すいません。食べてからでいいですか」

「お腹一杯だった？　それなら無理して食べてくれなくてもいいよ。残しといて悟さんに食べさせるから」

「ラーメンをですか」

「悟さんはあたしの作ったものなら、何でも美味《おい》しい、って食べてくれるもの」

のろけられた。

学校へは当然、天くんも連れていくことになる。自転車はマンションの前に置いた。風もやみ日差しが一層暖かい。散歩にぴったりの日和《ひより》だしぴったりの時間帯だった。立花さんは「抱っこして行こう」と言ってベビーカーを置いてきた。天くんは僕が抱き立花さんが僕の鞄を持ってくれる。なんだか幸せな新婚夫婦のようで、すれ違う人の視線や笑顔が妙に照れくさかった。まあ、僕は高校の制服なのだが。

お腹いっぱいでご機嫌なのか、天くんは僕の腕の中できょろきょろしている。午前中かなり泣いていたというから僕が抱っこしている今全く泣かないというのは母親にはショックではないか。そう思ったが、立花さんはそのあたりについてはまるで気にしていないらしかった。

立花さんは学校に着くまでの間、中学までの伊神さんの武勇伝をいろいろと話してくれた。困り者の弟のことを話すような口ぶりであり、途中から僕は、この人と伊神さんが同い年なのを忘れていた。この人の母性が妊娠・出産から来るものなのか、それとも母性ゆえに妊娠・出産に踏みきったのか、それはどちらとも判断がつかなかった。

学校に着き玄関まで坂を上る。立花さんは玄関の前で立ち止まり、本館の校舎を振り仰いだ。

「……変わってないねえ。当たり前か」

その様子を横から見ながら、僕は思い出していた。この人は今年度の六月に学校をやめて、先月結婚した。やめていなければ、今日は卒業式だったのだ。なのに、この人だけ友達と違う道を選び、今は「主婦」として別世界を歩んでいる。この差は一体何なのだろうと思った。

「立花さん……」

「行こうか」

後で先生方に挨拶に行くから、と僕に言っただけで、立花さんは誰に断るというのでもなく当然のように武道場に入った。僕もスリッパを履いて続いた。天くんが泣きだしたら学校の人は何事かと思うだろうな、と少々不安になったが、抱き上げてまわりを見せてあげると、天くんは興味津々の顔で目をぱちくりさせていた。

「二階の奥の部屋、って言ってたよね」

「はい」

「その部屋、ってたしか……」

二階に上がると、立花さんは廊下を見渡す。そして言った。

「あそこの部屋？……なんだ。『閉まらずの部屋』じゃない」

『閉まらずの部屋』？『開かずの部屋』じゃないんですか？」

立花さんは僕を振り返ると、そうか、と言った。「君たちの代には伝わってないんだね」

「……はあ」

立花さんはすたすたと問題の部屋まで進むと、引き戸を開けてから手元を見た。「ここって鍵かかってなかったっけ？」

「かかっていたと思います。たぶん伊神さんが開けたんだと」

「ピッキングか。あいつ、まだそんな道具持ち歩いてるんだ④」

立花さんは呆れたように言って部屋に入る。僕も後を追った。立花さんは部屋の真ん中に立ち、ぐるりと見回してから言った。「なんだか妙に懐かしくなっちゃったなあ。『閉まらずの部屋』」

「あの、『開かずの部屋』ではないんですか？」

立花さんは僕を振り返ると、にこっと笑って出入口に引き返し、内側から引き戸の鍵を閉めた。「『開かずの部屋』とも言えるよ。こうすれば」

再び僕の隣に来て、引き戸の前のスチール棚をこつこつと叩いた。「この棚、伊神が動かしたんだよ。いつもは戸のまん前に据えてあるの。そうすると廊下から中が見えにくくなるんだよね。もっとも、この部屋の前まで来る人なんてめったにいないけど」

中途半端な位置にあるスチール棚は、やはり動かされた後だったらしい。

「でね、この部屋は先生方から見れば『開かずの部屋』なの。鍵がもう十年くらい前になくなって、それっきりだからね」

「僕も『開かずの部屋』だと思ってました」

「こういうのは代々、後輩に伝えていかないといけないんだけどなあ」

立花さんはそう言って窓に歩み寄る。鍵はかかったまま……だと思っていたのだが。

「本当は『閉まらずの部屋』なの。この通り」立花さんは窓に手をかけると、するりと開けた。

鍵がかかっているはず……そう思ったが、よく見るとクレセントが上がったままなのに窓が開いている。

僕は窓に駆け寄った。鍵を見る。窓の鍵のクレセント部分には何の仕掛けもなかった。しかしクレセントを受ける金具がついていない。もとからついていなかったはずはないから、おそらく大分前に壊れて取れたのだろう。これでは、クレセントを回しても何の意味もない。

腕の中で天くんが泣きだした。しまった抱いているのを忘れていた、と思ったが、立花さんは落ち着いて「はい交替。ママですよー」と言い、天くんを抱いて額にキスした。天くんは泣きやんだ。

僕は窓を何度か往復させた。開ける。閉める。開ける。閉める。何の支障もなかった。

(4) 犯罪になる。(特殊開錠用具の所持の禁止等に関する法律三条、十六条)

「……あの時は、窓は動きませんでした。だけど、それは……」独り言なのか立花さんに言っているのか、よく分からないままに続ける。「……本当は鍵がかかっていなかった、っていうのなら簡単です。窓から出て、外側から心張り棒をかませるなり、窓枠を何かで引っ張るなり、外から何か細工して、窓が動かないようにすることはいくらでもできます。こんな……」

こんな簡単なことだった。

「まあ、そういうことだろうね」

立花さんが頷く。その仕草が伊神さんに少し似ていた。「で、君が出ていった後に窓を元に戻す、っていうわけ」

立花さんは窓を閉めた。「この窓こうしてると、どこから見ても閉まってるように見えるでしょ？　でも本当は閉まってないし、鍵が壊れてるから閉めようがないわけ。だから『閉まらずの部屋』」

「……知りませんでした」

立花さんは天くんを抱いたまま、窓に背をあずける。「あたしもこのこと、先輩から聞いたの。階段脇の窓から庇に飛び移れば、この窓の前まで来れるでしょ？　この部屋にいれば誰にも見つからないから、ちょっとサボるやつらが集まってる、ってね。あたしの頃は、いつ来ても男子が二、三人いたんだよ。しかも煙草臭くて」

置き去りにされた雑誌や漫画本は、どうやらその名残《なごり》であるらしい。

立花さんは満足げによし、と頷いた。「これで少なくとも、君の代までは伝わったね」

急に力が抜け、両肩がどこまでも下がっていく感触があった。伊神さんは消えていない。立花さんは僕の顔にしばらく視線を留める。「それと、ね。……はいちょっと天くんお願い」それから、ラグビーボールでも渡すように天くんを僕にパスした。携帯を出して何やら探している。「ああ、あった。ほらこれメモして」

立花さんが突き出した携帯のディスプレイを見る。草野四丁目、二の一一の八〇六。暗記してから訊いた。「これは」

「伊神の引越し先」天くんを受け取りながら立花さんは微笑する。「もう帰ってるかもよ。行ってみたら？」

もう迷いはしなかった。「行ってみます」

僕は立花さんの家に戻って自転車を回収すると、彼女と別れ、伊神さんの家に一人向かった。立花さんによれば、伊神さんは中学の頃に引っ越したことがあるのだという。僕がさっき訪ねたのは引越し前の住所らしい。僕は暗記した住所まで自転車を漕いだ。追い風なのか、スピードがやたらと出ていた。

ようやく、追いつく。

伊神さんの家は普通の団地だった。立花さんの新居より一回り以上古いようで、昼間訪ねたスカイハイツより一回り以上狭いようだった。郵便受けの鈍い輝きやエレベーターの扉の色が、なんとなく二十世紀の匂いを感じさせた。伊神さん宅はやはり表札こそ出ていなかったが、僕が用件を告げるとすぐにドアが開いた。

「はあいいらっしゃい。でもごめんね、恒は今ちょっといないのよ」

小学校の頃、友達の家を訪ねてよくこんな言葉をかけられた。親世代以上の年齢の女性にとっては、小学生も高校生も同じ「子供」に見えるらしい。

いつ頃帰りますか、と訊くと、伊神さんのお母さんは笑顔のまま、さも残念そうに言う。

「あら残念ねえ。今日から旅行に行く予定でねえ、もう空港に行っちゃったのよ。ついさっきなんだけど」

「空港」壁に突き当たる感触。まだ追いつけないのか。「……成田ですか?」

「羽田なの。九州に行く、って。……ほんと、ついさっきなのよ出たの」

「何分くらい前ですか?」

急いで訊く僕に対し、伊神さんのお母さんはゆったりとしたペースを崩さぬまま奥を振り返った。時計か何かを見ているらしい。

「……二十分くらい前かしらねえ」

「ありがとうございました。行ってみます」

それだけ言って伊神さん宅を出る。僕の背中に「第一の方ね」と意味不明の声をかけた伊神さんのお母さんにもう一度振り返り、ありがとうございましたと頭を下げてまた駆け出す。

飛行機に乗るなら待ち時間がそれなりにあるはずだ。まだ間に合う。

季節外れの汗をハンカチで拭いながら、僕は快速電車に揺られている。呼吸がようやく落ち着いてきた。

駅までの道をひたすら自転車で飛ばした。ダイヤを暗記しているわけではないが、駅までを普通の速度で走ると三、四分はロスする。それがために次の快速を逃したら、追いつけなくなる可能性がある。急いだところで結果が変わる可能性の極めて小さい、報われない加速だったが、それでも僕は加速した。その努力に神様が微笑んでくれたとしか思えない。駅の電光掲示板が、一分後に快速電車が発車することを示して点滅していた。料金表を確かめる時間がもどかしく、僕はとりあえず一区間だけの切符を買い、改札を駆け抜けた。発射直前の電車に駆け込み乗車できた。昼下がりの上り電車は空いていた。

携帯を出してネットにつなぐ。最短の路線を調べ、乗換駅を確かめた。はやる気持ちを抑え、車窓から流れる町並みを見る。途中の駅をすいすいと飛ばす快速の速さが嬉《うれ》しかった。

僕は飛行機に乗ったことがない。空港に来たのもこれが初めてだ。駅の改札を出てエスカレーターをがこがこと上り、スペースコロニーのごとき羽田空港の、あまりの広さ天井の高さに驚いた僕はこれは迷うと確信したが、チケットカウンターはすぐそこにあったため実際は全く迷わなかった。伊神さんが僕と同じ路線で来たならば時間差は約二十五分。伊神さんが搭乗口に入ってしまっていたらアウトだが、その可能性はまだ小さい。思えば何分発どこ行き便に乗るのかもちゃんと聞いておくべきだったが、ここまで来てしまってからではどうしようもない。

僕は作戦を考えた。ターミナルビルはあまりに広く、階層も多い。電車内でようやく伊神さんのお母さんの言った「第一の方」の意味を理解したくらい不案内な僕が、伊神さんのいそうな場所に見当をつけて効率よく捜し回れるとは思えない。伊神さんの性格からして何十分も余裕を持って来たとは思えないから、じきに搭乗手続きに来るはずだ。その時に僕がレストラン街などにいては目も当てられない。かといって呼び出しをかけてもらう決心はつかないしその間に出発されてしまうかもしれない。ターミナルビルの見晴らしのよさに賭けて、ゲート付近を巡回することにした。

作戦は的中した。ほどなくして、見覚えのある黒いコートを脇に抱え、てくてくとゲートに向かう伊神さんの姿が見つかった。この人はわりと遠くからでも識別できるのだ。

遠距離から呼びかけたらまた逃げられるかもしれないと思い、僕は足音を抑えつつ、背後から接近した。充分に近づいてから、背中に声をかける。「伊神さん」

伊神さんが振り向いた。おや、という顔をした。

……やっとつかまえた。ついそのまま言葉に出た。「やっとつかまえたあ」僕は膝に手をついて呼吸を整える。

「奇遇だね。どこに行くの」

「行きませんよどこにも」

なぜそういう発想になるのか。「見送りに来たんですよ」

伊神さんはいぶかしげに眉をひそめる。「僕がここにいる、って誰から聞いたの」

「お母様からです。自宅まで行ったんですよ」

「なぜ住所を知っている？」

「立花さんから聞きました」

「立花とどこで会ったの。卒業式には来てなかったはずだけど」

「立花さんのご自宅で」

「何の用で？」

せっかく追いついたのになぜこんな尋問をされねばならないのだ。僕は顔を上げた。

「伊神さん、卒業式の後どこにいたんですか？　それに電話もつながらなくなってたし」

つい恨みがましくなってしまう。しかし伊神さんは何とも思っていない口調で返す。「すぐに帰宅した。携帯電話は解約したよ。なくても困らないものだって分かったし」

「伊神さんは困らなくてもまわりの人が困るんです。……消えたかと思いましたよ」

伊神さんは嬉しそうに微笑む。「それで、訊きに来たわけか」

少し違う。しかし実際は。……思考が何回転か空回りした。僕は何をしに来たんだったか？

「……ええと、ですね。消えたカラクリは立花さんから聞きました」

それを聞いた伊神さんは「興ざめ」の文字を無数に顔面に浮かべた。「なんだ。君が解いたんじゃなかったのか」

「……解く解かない以前に、ああいう部屋だったんですね」

「まあ、それだけだよね」伊神さんは何やら心残り、という口調である。「あまり面白くない。

「……僕は推理作家でなく探偵になるべきだね」

「というより、怪盗になるべきですね」

僕の言葉に、伊神さんは肩をすくめる。

「……あれがやりたくて逃げたんですか？」

僕の問いに、伊神さんは簡単に答えた。「卒業だしね」

「どういう理屈ですか」

「卒業生は後輩に何か、残していかないと。あの部屋を知ってるのは僕の代までみたいだったし」

口頭でそのまま教える、という選択肢は、なるほどこの人にはなさそうである。

僕は首をひねる。まだ訊くべきことがあるはずだった。

「……ええと、そう……どこに行くんですか？　これから」訊くべきことはこれじゃなかった気がする。

「福岡。九州で、キリスト教建築巡りでもしてこようかと思ってね」

伊神さんは笑顔になった。「ああそうだ。君に会えてよかった」

「え」

伊神さんは脇に抱えたコートを僕に放ってよこした。どさり、と重い布地が顔面にかぶさった。

「うちの住所を知ってるなら、それ届けといて。これから何日かは暖かいみたいだから、要らなそうだ」

「……はあ」お使いか。

「それとこれも」

伊神さんは金属でできた、工具らしき何かを鞄から出して僕に渡した。

「これって……」

「ピッキングツールだよ。金属製だからゲートを抜けられないんだよね」伊神さんはゲートを振り返る。「かといって預けるわけにもいかないしね」

「当たり前ですっ」

預けるどころではない。こういうものは持っているだけで危《やば》いのではないか。僕は慌ててポケットに隠し、周囲を窺った。係官の一人と目が合ったので慌てて目をそらした。空港の係官であれば、怪しげなものをそうそう見過ごしはしないだろう。今の、大丈夫か。見られてはいないか。

伊神さんはもう用件は済ませたという顔で時計を見た。「そろそろ出発だ。じゃ、よろしく」それだけ言ってさっさと背中を向け、ゲートに並んでしまう。

ちょっと待った。ゲートを抜けようとする伊神さんに、僕は急いで言った。「伊神さん」

伊神さんが振り向く。列の後が詰まっている。僕は焦る。言うべきは何か。

「……お土産《みやげ》を」

伊神さんは露骨に面倒臭そうな顔をした。違う。そうではなくて。

「……卒業、おめでとうございます。ええと、それと……卒業しても遊びに来てください」

やっと言えた。

伊神さんは、すっと手を上げて、ゲートのむこうに消える。ずっしりと重くて暖かいコートを両手で抱えたまま、僕はその背中を見送った。

＊

再び伊神家を訪ね、コートを差し出した僕を見て、伊神さんのお母さんは「あらま」と言って目を丸くした。「やあねあの子。お使いさせたの?」

「なんとか追いつけました。次の快速に乗れたので」

コートを渡した。ピッキングツールの方は渡すわけにはいかない。どうしたものか。

「わざわざありがとうねえ。本当にもう、あの子は」

伊神さんのお母さん――悦子《えつこ》さんはゆったりと喋る優しげな人だった。もう六十を超えているだろうか。年配の人特有の、焦りがなく無駄もない動作をする人だった。

その陰から、悦子さんと同じくらいの年齢と思える男性が顔をのぞかせた。「おっ、君が葉山君か。こんにちは。……おい、上がってもらえよ」

伊神さんのお父さん、である。これまた優しげな、程よく力の抜けた六十代だ。

伊神進《すすむ》×伊神悦子。伊神さんの御両親は普通の夫婦だった。よく考えてみれば当たり前のことである。僕は「伊神さんの両親」というともっと突飛で出鱈目《でたらめ》な、引田天功×ハワード・ヒューズとか、織田信長×スカーレット・オハラとか、ダースベイダー×スーパーマリオとかそういった組み合わせを想像していたが、考えてみれば生物は突然変異によって進化してきたのである。伊神さんの両親が普通だったからといって、別に驚くにはあたらない。

コートを届ける。用件はそれだけでいいといえばいいのだが、伊神さんの御両親のせっかくの笑顔を断りがたい。というより、伊神さんの家の中を見てやれというつもりがあった。どうも伊神さんの友人が訪ねてくることが珍しいらしく、お二人はやたらと歓迎してくれた。伊神さんは一人っ子であり、お二人の年齢からして高齢になってからの第一子である。両親が歳をとってからの子供は大事にされると聞いていたが、家の中を見る限りそれは正しいようだった。伊神さん自身の生活感のなさと反比例するように、家には生活が溢れていた。そして家族的なつながりが強く匂った。写真立てには御両親が、小学校時代と思える伊神さんに寄り添う写真がおさまっていた。壁のコルクボードには中学の制服をおそらく初めて着た伊神さんと、高校の制服を着たおそらく入学時の伊神さんが、御両親に挟まれて立っていた。その下には最近撮ったらしい、愛心学園に着てきたのと同じスーツの伊神さんがやはり御両親と一緒に写っていた。伊神さんと進さんの身長差が縮まり、再び広がる過程が写っていた。これまで全く想像がつかなかったが、伊神さんにもちゃんと成長史があったようだ。

お茶やらお菓子やらをいろいろいただきながら、御両親と伊神さんのことを話した。二人とも、後輩から見た伊神さんがどうかということを聞きたがっていた。僕の方もいろいろ訊いた。

悦子さんは伊神さんが幼稚園の頃の友達の名前まで完璧に覚えており、進さんは伊神さんが歩き始めたばかりの頃のことを昨日のことのように話した。二人は驚くべきことに、中学時代の荒れていた伊神さんについてもにこやかに話した。小学校の運動会のこと。こっそり子猫を飼っていたこと。進さんの背を追い抜いたこと。幼稚園に行きたがらず泣いていたこと。伊神さんの話は時代を上っては下り、再び遡《さかのぼ》って終《しま》いには伊神さんが三歳の頃に描いた絵まで登場した。ぎょっとするような色遣いでなかなかのものだった。

話すことはいくらでもあった。御両親にしてみれば、息子の話なら無限に出てくるということのようだった。そして僕に向ける笑顔から、息子にまつわるものはすべてがよきものであるといわんばかりの愛情が感じられた。直接的な自慢こそしないが、伊神さんはこの二人にとって明らかに自慢の息子だった。僕は少し寂しくなった。うちの母は僕の友達が訪ねてきても、このように笑顔で話してはくれないだろうと思った。

知らないうちに夕方になっていた。夕食までご一緒するというわけにもいくまいから、いいかげん席を立たねばならない。だが、その前に。

——住所について訊くか？

僕は視線を下げ、また上げた。前に座る進さんと目が合った。僕は言った。

「伊神さんから、九州に教会建築巡りに行くって聞きました。いいですね」

僕がそう言うと、悦子さんが笑顔になった。「あら、そういう言い方したの？」

それから、内緒話をするように口許に手をやって囁く。「本当はね、友達に会いに行ったの。

あの子のクラスメイトでね、浦和《うらわ》くん、っていったかしら。今日、九州大学の試験を受ける子がいるらしいのよ」

後期日程か。

そういえば、市立の卒業式にだって全員が参加できたわけではない。卒業式を休み、倍率的には前記日程よりはるかに難しい後期日程に挑まねばならない人もいたのだ。

「卒業式の日に卒業証書を渡す、って約束したらしいの。……優しい子だから」

「あと、あれだ。くす玉のビデオを届けるって言ってたぞ」進さんが言った。「浦和君がくす玉の……製作責任者って言ってたっけか。くす玉の割れるシーンをビデオに撮るって約束してたらしい。ギャラリーに上がって撮影してたよ」

卒業式の退場時、伊神さんがいなかったのも当然だった。伊神さんはさっさと二階ギャラリーに上がり、ビデオカメラを回していたのである。たぶん、僕の方が先に体育館を出たのだろう。

卒業式に出られなくとも、卒業生は卒業する。

伊神家の玄関を出ると、風のやんだ、安らかな夕暮の町並みが視界に広がった。日はもう沈んだようで、舞台に幕が引かれるように夕焼けの赤が消えてゆく。すべてが済んだ後の静けさの中、独り足音を響かせ、僕は廊下を歩く。

しかし、エレベーターの前まで来たところで、僕は不意に立ち止まった。妙な感覚がある。

体の右側だけ空気が濃くなったような感覚。

右を向いた。八階の高みから見る、夕暮の町並みが続いている。斜め後方に、同じ団地の九号棟と十号棟。そこで目が留まった。何も見えはしなかったが――

……視線？

感じたのは、おそらくそれだ。

僕がその正体を知るのは、もう少し後のことになる。

（〈新学期編〉に続く）

本書は文庫オリジナル作品です。

検　印
廃　止

著者紹介　1981年千葉県生まれ。2006年，『理由あって冬に出る』で第16回鮎川哲也賞に佳作入選し，デビュー。著書に『まもなく電車が出現します』『いわゆる天使の文化祭』『昨日まで不思議の校舎』『午後からはワニ日和』『戦力外捜査官』などがある。

さよならの次にくる
〈卒業式編〉

2009年 6 月30日　初版
2024年10月18日　11版

著　者　似《にた》　鳥《どり》　鶏《けい》

発行所　（株）東京創元社
代表者　渋谷健太郎

162-0814/東京都新宿区新小川町1-5
電　話　03・3268・8231-営業部
　　　　03・3268・8204-編集部
URL　http://www.tsogen.co.jp
DTP　モリモト印刷
印刷・製本　大日本印刷

乱丁・落丁本は，ご面倒ですが小社までご送付ください。送料小社負担にてお取替えいたします。

ISBN978-4-488-47302-0　C0193

第23回鮎川哲也賞受賞作

THE DETECTIVE 1◆Tetsuya Ichikawa

名探偵の証明

市川哲也

創元推理文庫

◆

そのめざましい活躍から、1980年代には
「新本格ブーム」までを招来した名探偵・屋敷啓次郎。
行く先々で事件に遭遇するものの、
ほぼ10割の解決率を誇っていた。
しかし時は過ぎて現代、かつてのヒーローは老い、
ひっそりと暮らす屋敷のもとを元相棒が訪ねてくる——。
資産家一家に届いた脅迫状の謎をめぐり、
アイドル探偵として今をときめく蜜柑花子と
対決しようとの誘いだった。

人里離れた別荘で巻き起こる密室殺人、
さらにその後の屋敷の姿を迫真の筆致で描いた本格長編。

第26回鮎川哲也賞受賞作

The Jellyfish never freezes◆Yuto Ichikawa

ジェリーフィッシュは凍らない

市川憂人

創元推理文庫

◆

●綾辻行人氏推薦——「『そして誰もいなくなった』への挑戦であると同時に『十角館の殺人』への挑戦でもあるという。読んでみて、この手があったか、と唸った。目が離せない才能だと思う」

特殊技術で開発され、航空機の歴史を変えた小型飛行船〈ジェリーフィッシュ〉。その発明者である、ファイファー教授たち技術開発メンバー六人は、新型ジェリーフィッシュの長距離航行性能の最終確認試験に臨んでいた。ところがその最中に、メンバーの一人が変死。さらに、試験機が雪山に不時着してしまう。脱出不可能という状況下、次々と犠牲者が……。